완벽하게 헤어지는 방법

완벽하게 헤어지는 방법

이은정 소설집

마음서재

• 이 도서는 2020년도 아르코문학창작기금 지원 사업에 선정되어 발간된 작품입니다.

차례

잘못한 사람들

○
○
○

나오는 게 아니었다. 아니, 모르는 전화는 받는 게 아니었다.

세호는 술을 너무 열심히 마셨다. 뭐든 열심히 하는 놈이긴 했는데 오늘따라 유난히 취하려고 애쓰는 것 같았다. 겨우 취직했는데 한 달 만에 잘렸다고 했다. 생활정보지를 배포하는 일이었다. '그런 일'이라고 말하기는 좀 그렇지만 그런 일을 할 놈은 아니었다. 사 년 내내 장학금을 놓치지 않았고 교수들에게 인정도 받던 놈이었다. 나는 세호가 대학원에 진학해서 공부를 계속할 줄 알았다. 세호 아버지가 돌아가시기 전까지는 말이다. 집안에 가장이라는 것이 꼭 필요한지 모르겠지만, 왜 누군가는 가장이 되어 모든 걸 짊어져야 하는지 모르겠지만, 세호는 가장이 되었기 때문에 돈을 벌어야 한다고 했다. 닥치는 대로 이력서를 넣었다. 근사한 대기업은 세호를 마다했고 간신히 들어간 제약회사에서 세호는 오래 버티지 못했다. 영업할 성격이 못 되는 탓이었다. 세호는 술만 취하면 죽은 아버지를 씹었다. 살아서도 못살게 굴더니 죽어서도 못살게 구는 인간이라고.

세호는 어쩌면 작정하고 날 불러낸 것 같았다. 새벽에 출근해서부터 그 사건이 일어나기까지의 일과를 조곤조곤 풀어놓았다. 처음에는 그저 하소연이라 생각했다. 술 따르는 세호의 손이 조금 흔들리고 따른 술이 잔을 넘치기 시작했을 무렵부터 이상했다. 표정에는 분노가 가득했고 말투는 거칠어졌다. 그렇지만 어디 사람이 가진 페르소나가 하나둘인가. 표정만으로 사람을 해칠 수 있는 건 아니니까 그 정도로 놀랄 일은 아니었다. 더구나 오늘 해고를 당한 녀석이니 어떤 표정이든 어떤 말투든 이해할 만한 날이라 생각했다.

오늘도 새벽 세 시에 일어나 출근한 세호는 출근하자마자 지역장에게 욕을 들어먹었다고 했다. 인수인계를 받고 세호 혼자 생활정보지를 배포하기 시작한 날부터 클레임이 많이 들어왔다. 며칠 전부터 정보지가 하나도 없다는 불만이었다. 세호는 분명히 제시간에 빠짐없이 배포하고 돌아왔다. 억울하기 짝이 없었을 것이다. 근데 하필 어제 본사에서 한 소리 듣고 열 받은 지역장이 세호를 몰아세웠다. 잘못도 없는 세호는 연신 잘못했다고 했다. 잘못도 모르는데 자꾸 잘못했다고 말하는 동안 세호는 죽은 아버지가 떠올랐다. 세호의 아버지는 밖에서 화난 일이 생기면 집으로 돌아와 어린 세호에게 화풀이를 했다. 어떻게든 꼬투리를 잡아 세호를 때렸다. 때리고 때리며 무조건 잘못했다는 말을 요구하던 빌어먹을 아버지가 그때 딱 떠오르더라고.

"그래서?"

나는 침을 조금 삼켰고 세호는 소곤거리듯 말했다.

"씨발."

"응?"

"씨발, 그랬다고."

"느닷없이? 잘못했다고 하다가?"

"응."

세호는 지역장의 얼굴에 두 글자를 뱉었다. 씨발. 화가 난 지역장도 세호에게 두 글자를 통보했다. 해고. 세호는 그길로 돌아섰다. 출근하자마자 퇴근한 세호는 차를 집 앞에 주차하려고 했지만 마땅한 곳이 없었다. 세호가 차를 뺀 지 불과 한 시간도 지나지 않은 새벽이었다. 하긴 그 시간에 집에 들어가봤자 노모의 걱정만 들을 일이었다. 곰곰 생각하다가 자신이 관리하던 생활정보지 배포대를 돌아보기로 하고 차를 돌렸다. 어차피 그 시간엔 배포대가 텅 비어 있기 마련이지만 그래도 왠지 가보고 싶었다. 천천히 차를 몰아 좁은 골목을 누비던 세호는 덩그러니 밤을 밝히고 있는 지에스 편의점 앞에 차를 세웠다. 세호는 담배를 샀다.

"담배 끊었잖아?"

"끊었었지. 근데 나쁜 건 끊을 필요가 없어. 우리 같은 놈들은 다시 찾게 돼 있으니까."

나는 '우리 같은 놈'이라는 말에 조금 감정이 상했고 내가 너무 친절한 게 아닌가 하는 의구심이 들었다. 세호와 나는 '우리'로 묶일 만한 사이가 아니었다. 내게는 번듯한 직장이 있고 아내와 딸들이 있다. 때리기만 했던 아버지도 없고 맞아서 병든 어머니도 없다. 십 년 동안 임용고시 핑계로 놀고 먹는 동생도 없다. 비록 임대 아파트지만 햇살 잘 드는 십일층에 산 지 제법 오래되었다. 도대체 왜 세호는 자신과 나를 같은 처지로 엮고 싶어 하는 걸까. 심지어 지금 이 술값 낼 주제도 못 되는 놈이.

세호는 편의점 앞에서 담배에 불을 붙였다. 십 년 만이었다. 폐부로 연기가 스며드는 느낌이 고스란히 느껴졌다고 했다. 아마도 니코틴과 함께 어떤 악의 기운이 세호의 몸속에 퍼졌을지도 모른다. 그때 그 할머니가 보였다. 처음 보는 할머니였고 할머니는 작았다. 할머니는 누더기 담요같이 낡고 지저분한 코트를 걸치고 있었다. 세호는 할머니를 주시했다. 할머니는 편의점 테라스 옆에 놓인 박스를 납작하게 펼쳐서 수레에 담고 있었다. 세호의 시선은 수레로 향했다. 할머니의 수레에는 생활정보지가 가득했다. 그걸 세호가 본 것이다. 하필 백수가 된 오늘. 하필 끊었던 담배를 물었을 때.

할머니는 수레를 끌고 천천히 움직였다. 가로등도 듬성듬성한 어두운 거리였다. 세호는 할머니가 들어선 골목마다 따라 걸어갔다. 허름한 주택 사이사이에 박스 한두 개가 놓여 있었다. 박스가 보일 때마다 수레는 멈췄고 할머니는 느린 동작으로 그것들을 주워 담았다. 그렇게 두 사람은 미로 같은 작은 골목들을 함께 돌았다. 세호가 졸졸 따라다니는 것을 눈치챈 할머니가 폐업한 이발소 앞에서 걸음을 멈췄다. 할머니가 먼저 세호에게 말을 걸었다. 좀 친절하지 못했다.

"왜 따라다녀!"

세호는 친절하지 못한 할머니에게 물었다.

"저, 혹시 이 생활정보지들 직접 빼신 거예요?"

"그게 왜! 이게 다 네 거야?"

할머니는 계속 친절하지 않았다.

심사가 꼬이기 시작한 세호가 다시 물었다.

"직접 뺐냐고!"

할머니는 조금 움찔했고 더는 아무 말도 하지 않았다. 서둘러 손수레를 옮기려고 할 뿐이었다. 그때부터 세호의 몸에서 화기가 뿜어져 나오기 시작했다. 할머니는 초면에 몹시 불친절했고 묻는 말에 대답조차 하지 않았다. 세호는 물고 있던 담배를 할머니의 수레에 그대로 집어 던졌다. 생각하고 한 행동은 아니었다. 그냥 순간적으로 화가 났고 누구라도 화날 만한 상황이었다고 했다. 놀란 할머니는 맨손으로 담배꽁초를 털어냈다. 다행히 박스나 종이에 불이 옮겨 붙거나 하진 않았다.

"미쳤구나?"

내가 좀 큰 소리로 그렇게 말했고 세호는 진짜 미친놈처럼 낄낄대며 웃었다. 농담일까? 잠깐 그런 생각도 들었지만 세호는 농담을 모르는 놈이었다. 누군가 농담을 던져도 농담인 줄 모르는 진지한 놈이었다. 게다가 그런 섬뜩한 농담을 하기에 우린 오랜만에 만나는 그다지 친하지 않은 사이였다. 세호는 술을 질질 흘리며 소주를 입안에 털어 넣었다. 진지했던 표정이 다소 허무하고 씁쓸하게 바뀌었다.

"잘못했다고 했어."

"뭐?"

"잘못했다고 했다고."

"미친놈."

우린 소주를 한 병 더 시켰고 식어빠진 어묵탕을 데워달라고 했다. 나는 앞으로 어쩔 계획이냐고 물었다. 세호는 뭘 해야 좋을지 모르겠다고 했다. 하고 싶은 일은 기회가 없고, 할 수 있는 일은 뭔지 모르겠다고 했다. 곧 마흔인데 어떤 길도 찾지 못한 자신이 한심하다고 했다. 택배, 대리운전, 편의점 알바 등을 하면서도 꾸준히 이력서를 들고 뛰었지만 달라진 건 나이밖에 없었다. 노모는 작년에 유방암 수술을 했고 여덟 살이나 어린 동생 재호는 여전히 고시원에서 임용고시를 준비하고 있다. 내가 한마디 하려고 하자 세호는 동생 탓이 아니라고, 그 뒷바라지는 자기가 꼭 해주고 싶은 거라며 내 입을 막았다. 자기는 노모에겐 남편이고 재호에겐 아버지라는 말을 교실에 걸린 급훈처럼 가슴팍에 걸고 사는 세호가 안쓰러웠다. 그냥 보통으로만 살고 싶은데 보통이 힘들다고 말하는 세호는 많이 지쳐 보였다.

"나라에서 이력서를 받고 적당한 직장에 꽂아주면 좋겠

어. 정규직, 비정규직, 알바 이런 거 없이 그냥 다 공무원이면 좋겠어."

그 말이 무슨 뜻인지 알 것 같아서 한숨만 났다. 내가 하는 일도 변변치 않은 일이다. 아울렛 쇼핑몰에서 시설물 유지보수를 맡고 있다. 비싼 등록금 내고 꾸역꾸역 배웠던 경영이나 경제 따위는 아무짝에도 쓸모없는 직종이고, 결과적으로 등록금 수천만 원만 버린 셈이다. 우린 다국적 기업에서 기획이나 마케팅 업무를 하며 멋지게 살 줄 알았다. 우리의 전공이었고 우리가 잘할 수 있는 일이었다. 그렇지만 우리가 잘할 수 있는 분야 따위는 상관없었다. 자리는 적고 인재는 넘쳤다. 올곧게 노력하는 사람이 기회를 얻고 성공하는 세상은 사라졌다. 든든한 백마저 없으면 빨리 주제 파악을 하는 게 현명하다는 깨달음이 왔다. 나는 어디든 취직만 되면 감사했고, 오늘 세호를 보니 일찌감치 눈 내리깔고 여기라도 취직한 게 다행이라 생각되었다. 덕분에 지금은 작업반장이라도 하고 있으니까. 아 참,

"너 예전에 회계사 준비했잖아. 그거 다시 도전해보지 그래?"

"내가 공부하면 돈은 누가 버냐. 넌 가장이 뭔지 몰라? 생각을 좀 해라, 생각을."

세호의 말투가 점점 사나워졌다. 모르긴 뭘 몰라. 우리 나이에 가장 아닌 남자가 몇이나 된다고. 세호는 입 닫고 자기 말만 들어줄 사람이 필요한 모양이었다. 세호는 뭐랄까. 항상 뭔지 모를 암울한 기운으로 가득했다. 이십 대에는 치기 어려 그랬다 쳐도 마흔이 다 되도록 변하지 않는 세호 성격에 넌더리가 날 것 같았다. 세호의 상황과 기분을 이해하지 못하는 건 아니지만 별일 없는 날이라고 해서 유쾌한 적은 없었던 놈이다.

나는 그런 세호를 오늘 하루만 더 받아주고 다시는 만나지 않을 생각이었다. 잊을 만하면 걸려오는 전화도 받지 않을 생각이었다. 만나면 나도 피곤했지만, 무엇보다 아내가 몹시 싫어했다. 진짜 오늘만. 송별회는 해야지. 아내는 짜증내며 화장실로 들어갔다. 화장실 안에서 오늘이 마지막이라고 못을 박았다. 그래. 어차피 내 쪽에서는 송별회 차원으로 나온 자리니까 유종의 미를 거두자. 나는 세호의 빈 잔에 술을 채워주었다.

세호는 자신이 왜 회계사 시험을 포기했는지 떠들고 있었다. 죽은 아버지를 계속 들먹였다. 가슴에 맺혔다던 그 얘기를 이미 수십 번은 들었다. 세호는 점점 고주망태가 되는 것 같았다. 나는 세호에게 그만 들어가자고 했다. 더 취하면 골치 아파질 수도 있었다. 벌써 여섯 시가 가까웠다. 내가 계산서를 집어 들고 의자를 뒤로 쭉 빼자 세호가 피식 웃으며 쳐다보았다. 그리고 소주 한 병을 더 주문했다. 나는 곧바로 주문을 취소하며 자리에서 일어났다. 세호에게도 일어나라고 말했다. 내 딴에는 단호한 어조였지만 세호는 큰 소리로 웃었다.

"앉는 게 좋을걸?"

미친놈이 그렇게 말했다.

"뭐라고?"

"너도 이미 공범이야."

"무슨 개소리야."

"공범이나 다름없어. 내가 그 노인네를 죽였을지도 모르는데 그냥 가겠다고?"

황당했다. 내가 다시 자리에 앉자 세호는 소주를 시키라고 했다. 일단은 그래야 할 것 같았다. 나는 술을 시켰다. 술집 주인은 걱정되는 얼굴로 세호를 쳐다보며 술병을 가지고 왔다. 나는 괜찮다는 뜻으로 주인을 향해 고개를 끄덕였다. 그냥 집에 가기 싫어서 하는 소리겠지. 차라리 완전히 취해서 뻗어버리는 게 나을지도 몰랐다. 지금 상태로는 피차 좋게 헤어지기 힘들 것이다. 그래 처먹어라. 나는 세호의 잔에 술을 가득 채워주었다. 어차피 오늘은 휴무니까 나도 좀 취하는 게 낫겠다. 지금 들어가나 더 있다가 들어가나 아내에게 잔소리 들을 건 매한가지다. 내가 잔을 들자 세호는 자꾸만 히죽히죽 웃었다.

"왜 자꾸 웃냐?"

"사람들이 웃기지도 않는 상황에서 왜 웃는지 궁금해. 아까 그 할머니도 웃지만 않았으면 아무 일 없었을 텐데 말이야."

"네가 잘못했다고 했다며?"

"내가? 아니, 아니. 그 할머니가 잘못했다고 했지."

세호의 횡설수설이 점점 두려워져서 계속 질문할 수가 없었다.

수레 앞을 가로막은 세호는 다시 담배를 꼬나물고 라이터를 꺼냈다고 했다. 서릿바람이 세호 쪽으로 날아왔고 라이터는 몇 차례 불발되었다. 라이터가 번쩍일 때마다 할머니의 어깨가 움찔움찔했다. 가만히 서서 세호를 응시하던 할머니가 세호 앞으로 몇 발 다가왔다. 그리고 갑자기 잘못했다고 하더란다.

"잘못했어, 내가."

세호는 그런 할머니가 웃겨서 라이터를 켤 수가 없었다. 겨우 담뱃불을 붙인 세호는 양쪽 볼이 깊게 패도록 연기를 빨아들였다가 길게 내뿜으며 물었다.

"뭐가?"

세호 표현을 빌리자면, 할머니는 눈알을 굴리며 자신이 뭘 잘못했는지 생각했다. 이윽고 할머니가 말했다.

"신문 빼돌린 거 잘못했어."

세호는 할머니가 자신의 잘못을 정확히 알고 있어서 화가 났다. 그래서 아니라고 말했다.

"그거 아닌데?"

할머니는 고개를 숙인 채 다시 자신의 잘못을 고민했다. 그동안 세호는 정답을 뭐로 하는 게 좋을지 생각했다. 잠시 후 할머니가 다소곳이 말했다.

"반말해서 미안해요……."

할머니는 마치 몇 분 전과는 전혀 다른 사람처럼 공손하게 변했고 세호는 정말 성이 많이 났다. 그게 잘못인지 알면서도 그렇게 했다는 것이 화가 났다고 했다.

"나는 잘못 하나도 안 했는데 어릴 때는 처맞고 커서는 회사도 잘리고 그러는데, 왜 잘못인 줄 알면서도 잘못하고 사는 거야? 어? 잘못인 줄 알면 안 그래야지! 어?"

세호의 발음이 갑자기 또박또박해져서 나는 어떤 말도 하지 않았다. 궁금한 표정도 짓지 않았다. 그냥 술만 마셨다. 그랬더니 세호가 내게 질문했다.

"반응이 왜 그래? 그래서 내가 어떻게 했게?"

대답을 하긴 해야겠는데 주눅 든 것처럼 보이긴 싫고 우린 친구고 그래서 난 좀 서먹하지 않게 굴고 싶었다.

"알 게 뭐야."

다행히 세호가 마구 웃어주었다. 그래서 한마디 덧붙였다.

"미친놈."

세호는 길을 터주었다고 했다. 할머니는 무거운 손수레를 끌며 잰걸음으로 골목을 빠져나갔고 세호는 또 할머니를 따라갔다. 세호가 당당하게 따라오자 할머니는 세호를 의식하느라 자꾸 뒤돌아보았다. 할머니가 뒤돌아볼 때마다 세호는 가라는 손짓을 했다. 할머니와 손수레는 계속 빠르게 움직였다. 끝없이 이어진 남루한 골목들을 빙빙 돌았다. 할머니는 막다른 골목 끝에서 제때 커브를 틀지 못해 넘어지고 말았다. 손수레는 넘어진 할머니를 덮쳤다. 박스가 길바닥에 쏟아졌다. 생활정보지도 바람에 나부끼며 여기저기 흩어졌다. 할머니의 작은 몸은 손수레 아래에서 꾸물거렸다. 세호는 발로 손수레를 밀쳐냈다. 수레 귀퉁이를 짚고 가까스로 일어난 할머니는 오른손으로 허리를 주물렀다. 두 사람의 눈이 마주쳤다. 할머니는 나뒹구는 폐지를 수레에 주워 담으며 틈틈이 오른쪽 허리를 매만졌다. 세호는 할머니를 잠자코 지켜보기만 했다.

정리를 마친 할머니가 등을 곧추세우더니 새까만 하늘을 올려다보았다. 세호는 자신도 모르게 할머니를 따라 하늘을 올려다보았다. 하늘이 연탄 같다고 생각했다. 하고많은 까만 것 중에 연탄이 떠올랐다. 연탄 같은 하늘. 세호는 하늘에 불을 붙이고 싶었다. 그사이 할머니가 세호 쪽으로 천천히 다가왔다. 허리에 찬 주머니에서 주섬주섬 무언가를 꺼낸 할머니는 세호에게 그것을 내밀었다. 가로등 빛을 받아 노랗거나 파랗게 울고 있는 그것은 구겨진 지폐 뭉치였다. 세호는 마침내 분노를 주체할 수 없었다.

"그 돈을 꺼내지 말았어야 했어."

"무슨 소리야?"

"돈을 보기 전까지는 단순히 정보지를 빼돌린 것에 대한 응징 정도만 할 생각이었어. 근데 모든 걸 바꿔놓은 거야, 그 돈이."

"받았어?"

세호는 비웃음을 머금고 나를 노려보았다. 받았냐는 질문이 뭐가 잘못됐는지 모르겠지만 나는 반자동으로 세호의 시선을 피했다. 리액션을 안 하면 안 한다고 난리고, 질문을 안 하면 오히려 본인이 질문을 던지고, 반응을 하면 비웃고. 당최 어쩌라는 건지. 정말 피곤한 놈이다. 그 와중에도 궁금한 건 사실이었다. 돈이 모든 걸 바꿔놓다니. 세호는 마치 이야기 사이에 광고라도 삽입하듯 소주를 마시며 감질나게 이야기를 이어나갔다.

할머니는 돈뭉치를 들고 빠끔한 눈으로 세호를 올려다보았다. 지저분하게 삐져나온 하얀 머리카락들이 바람에 휘청거렸다. 세호는 냅다 할머니의 가슴팍을 밀어버렸다. 할머니는 순식간에 일 미터쯤 나가떨어졌고 사나워진 세호는 소리를 질렀다.

"내가 거지야? 강도야?"

할머니는 허공에 흩어지는 지폐를 붙잡기 위해 손발을 바둥거렸다.

"줍지 마!"

세호가 고함을 질러도 할머니는 정신없이 돈을 주웠다.

"줍지 말라고!"

세호는 할머니의 등허리를 걷어찼다. 할머니는 한두 바퀴 굴렀지만, 작은 손아귀에 움켜쥔 지폐는 한 장도 빠져나가지 않았다. 세호는 할머니가 꼭 쥐고 있는 주먹을 펼치려고 했다. 할머니는 양손으로 그것을 사수했다. 세호가 거구는 아니었지만, 어쨌든 말도 안 되는 힘싸움이었다. 늙은 손은 젊은 손을 이기지 못했다. 세호는 지폐를 모조리 빼앗아 연탄 같은 하늘 위로 흩뿌렸다. 그 순간, 할머니가 웃기 시작했다. 길바닥에 넘어진 채로 그저 하염없이 웃었다. 사레들린 사람처럼 기침까지 해가며 끈질기게 웃었다. 할머니의 웃음소리는 겨울바람을 타고 세호의 귓가에 울려 퍼졌다. 세호는 웃고 있는 할머니의 얼굴에 주먹을 날렸다.

"왜 웃어! 내가 웃겨? 어?"

세호의 주먹은 거침없었다.

"줍지 말라고 했잖아! 돈은 줍는 게 아니라고!"

할머니는 이미 미동도 없었지만 세호는 멈추지 않았다.

"돈을 왜 주는데. 왜!"

그 장면을 얘기하면서 흥분한 세호는 소주를 연거푸 마시기 시작했다. 세호가 소주잔을 거세게 내려놓을 때마다 스테인리스 테이블이 기우뚱댔다. 테이블 위에 올려둔 내 휴대폰은 아까부터 덜덜 떨고 있었고, 나는 세호를 보는 대신 떨고 있는 휴대폰만 바라보았다. 술잔도 덜덜 떨렸고 젓가락도 덜덜 떨렸다. 아내의 세 번째 전화가 부재중으로 넘어간 후 나도 본격적으로 소주를 마셨다. 별수가 없었다. 휴대폰처럼 나도 덜덜거리고 있을까 봐 술만 마셨다. 할머니를 어떻게 했냐는 질문은 하지 않기로 했다. 제발 세호도 내게 말하지 않았으면 좋겠다고 생각했다. 주위를 둘러보았다. 다행히 다른 손님은 없었고 주인은 주방 안에 있었다. 도대체 그게 왜 다행이라고 생각되는 건지 모르겠지만 나는 안도의 숨을 내쉬며 세호를 찬찬히 뜯어보았다. 주먹에 별다른 상처나 멍은 없었다. 옷이나 신발에 피가 묻었다거나 그렇지도 않았다. 다만 표정만은 내가 알고 있던 세호가 아니었다.

취직하고 얼마 뒤에 나는 임대 아파트를 얻었다. 큰형이 도와주었다. 입주한 지 두어 달 지났을 무렵 세호의 전화를 받았다. 대학 졸업 후 처음 만난 세호는 갈 데가 없다고 했다. 잠잠해질 때까지만 신세 지게 해달라고 했다. 아버지가 죽으면 편안해질 줄 알았던 세호는 빚쟁이한테 쫓기고 있었다. 세호의 아버지는 세호뿐만 아니라 온 가족의 명의로 빚을 남기고 죽었다. 그때 세호의 표정은 비굴했다. 낮은 자세, 비굴한 표정의 친구는 뿌리치기 힘든 거였다. 세호는 내 임대 아파트에 반년 동안 머물다가 사라졌다. 내가 아내를 만난 직후였다. 아내가 자신을 싫어한다는 걸 세호도 눈치채고 있었다. 그 뒤에도 세호는 돈을 꾸기 위해 몇 번 연락했고 술은 내가 샀다. 그때마다 세호는 내 비위를 맞추려고 노력하며 최대한 비굴했다. 그래서 그런 놈인 줄만 알았다. 오늘 세호의 표정은 무척 낯설고 해괴하다 못해 두려웠다.

이성을 잃었던 세호는 전화벨 소리를 들었다. 기절한 할머니의 몸에서 나는 소리였다. 세호는 할머니가 입고 있던 코트 주머니에서 휴대폰을 꺼냈다. 화면에 '우리 아들'이라고 떴다. 세호는 '우리 아들'한테 화가 났다. 아들 새끼가 있는데 이 추운 날 이 짓을 하고 다녔다는 게 화가 났다. 세호는 통화 버튼을 눌렀다. '우리 아들'은 또 나갔냐고 고함을 질렀다. 거지처럼 또 폐지 줍고 있냐고 화를 냈다. 당장 들어오라고 하더니, 올 때 소주를 사 오라는 당부가 이어졌다. 이쪽에서 대답이 없자 대답이 없다고 욕을 했다. 세호의 입에서도 작게 욕이 튀어나왔다. 아, 씨발…….

그때 '우리 아들'이 소리를 질렀다.

"너 누구야!"

세호가 대답했다.

"말하면 아냐?"

'우리 아들'의 흥분한 목소리가 들렸다.

"너 이 새끼 누구야! 우리 엄마 어딨어!"

세호는 그의 목소리를 흉내 냈다.

“우리 엄마 어딨어! 우리 엄마 어딨어!”

약이 오른 ‘우리 아들’이 말했다.

“너 이 새끼 죽여버린다.”

세호는 입술을 휴대폰 아래쪽에 가까이 대고 말했다.

“좆까.”

전화를 끊은 세호는 쓰러진 할머니를 바라보았다. 그제야 죽었는지 살았는지 걱정되었다. 세호는 발로 할머니의 몸통을 건드렸다. 아무 반응이 없었다. 할머니 콧구멍에 손등을 대보았다. 미지근한 숨이 새어 나왔다. 안심한 세호는 할머니를 수레로 옮기기 위해 들어 올렸다. 거든거든한 늙은 몸은 낡은 수레에 알맞게 들어갔다. 세호는 할머니 몸 위에 박스와 신문지를 올렸다. 나뒹구는 지폐를 대충 그러모아 할머니 등 아래쪽에 쑤셔넣었다.

세호는 수레를 방치한 채 할머니의 휴대폰을 가지고 차로 돌아갔다. 구급차를 부를 생각이었다고 했다. 그런데 별안간 사람을 만나고 싶었고 말을 하고 싶었고 새벽 세 시가 넘은 시각에 내게 전화를 했다. 모르는 전화번호였다. 세호의 번호였다면 아마 받지 않았을 것이다. 저 불쌍한 놈은 사람이 그리울 때면 생각나는 이름이 나밖에 없었다고 했다. 그런 말을 들으면 새벽이라도 외면하긴 힘든 일이다.

"살아 있는 거지?"

"살아 있지."

그래도 이런 날씨에 그렇게 두고 오면 어떡하냐고 말하고 싶었지만 나는 말하지 않았다. 꼭 힘없는 할머니한테 그랬어야 했냐고 화내고 싶었지만 화내지 않았다. 지금이라도 구급차를 부르자고 하고 싶었지만 하지 않았다. 그저 아내와 아이들이 있는 집으로 돌아가고 싶을 뿐이었다. 솔직히 그 할머니가 어떻게 되든 말든, 세호가 어떤 짓을 하든 말든 상관할 바 아니었다. 진짜인지 아닌지 확인한 것도 아니고 그러고 싶지도 않았다. 그것보다 집에 가서 들어야 할 아내의 잔소리가 더 무서웠다.

나는 화장실에 간다며 일어났다. 볼일을 보면서 잠깐 고민했다. 신고할까. 허리춤을 흔들며 고개도 흔들었다. 아니야 아니야. 물을 내린 후 주머니를 뒤졌다. 휴대폰을 들고 오지 않았다. 하는 수 없이 자리로 돌아갔다. 돌아가면서 다짐했다. 내일 당장 전화번호부터 바꾸겠다고. 다시는 세호와 엮이지 않겠다고. 내가 의자에 앉자마자 세호는 등을 곧추세웠다. 뭔가 새로운 자세였고 환기된 표정이었다.

"확실하진 않아."

"뭐가?"

"살아 있는지. 그게 숨이었는지 바람이었는지 나도 모르겠어."

지금이라도 119에 신고하자고 결국 내가 말했다. 내가 우연히 발견해서 신고한 거라고 말하면 괜찮을 거라고. 네 얘기는 하지 않겠다고. 세호는 오랫동안 나를 쳐다보았다. 그러다 대뜸 아내의 안부를 물었다. 나는 잘 있다고 대답했다. 세호는 고개를 끄덕이더니 이번엔 딸들이 몇 살이냐고 물었다. 나는 아직 어리다고만 대답했다. 세호는 그동안 자신이 빌린 돈을 다 갚지 않았냐고 물었다. 뜬금없었다. 다 갚았다고, 이자까지 주지 않았냐고 말하자 세호는 또 고개를 끄덕였다.

"그럼 딱히 너한테 잘못한 건 없네. 그렇지?"

이번엔 내가 고개를 끄덕이며 말했다.

"없지. 잘못은 무슨."

세호 입에서 '잘못'이라는 단어가 나올 때마다 나는 왠지 모르게 불편했다. 세호는 잘잘못을 분명하게 따지는 성향을 갖고 있었다. 따져봐도 세호가 크게 잘못한 건 없었다. 빌린 돈은 다 갚았고, 가끔 만나긴 했지만 이렇게 새벽에 불러낸 건 처음이었다. 아내가 세호를 싫어하는 건 세호의 환경 때문이었다. 그건 세호 탓이 아니었다. 내 기억으로 세호 자체는 그렇게 나쁜 놈이 아니었다.

"확인하러 갈까? 살아 있는지?"

"같이?"

"네가 발견한 거라며. 발견하려면 가야지."

"그냥 해본 소린데. 솔직히 신고해서 잡히면 너 큰일 나는 거잖아."

"내가 왜 잡혀?"

"아니 뭐. 요즘 널린 게 CCTV고 너 할머니 휴대폰도 썼잖아."

"이 동네 쥐구멍까지 내가 모르는 길이 없는데 카메라 위치를 모르겠냐? 그런 싸구려 골목까지 CCTV를 달진 않아."

"블랙박스 같은 건 쉽게 구할걸?"

"그 골목엔 차가 못 들어가."

"할머니 휴대폰은?"

"그걸로 너한테 한 번 전화했고 네가 바로 나한테 전화했잖아."

뭔가 이상하게 말리는 기분이 들었다. 세호 말이 맞았다. 새벽에 모르는 번호로 전화가 왔고 세호였고 자신의 휴대폰으로 전화하라고만 했다. 그런 일이 한 번도 없었기에 나는 바로 세호에게 전화를 걸었다. 결국, 세호와 할머니 사이에 통화 내역은 없는 거였다. 불길했다. 아무래도 망설이면 안 될 것 같았다. 일단 가서 할머니의 상태부터 확인한 후에 어디든 신고를 해야 할 것 같았다. 이미 내가 상당히 개입되었다는 찜찜한 기분을 지울 수 없었고, 무엇보다 그렇게라도 술자리를 끝내고 싶었다. 계산을 마치고 우리가 술집을 나서자마자 주인은 불을 끄고 문을 잠갔다.

여섯 시가 넘었지만 해는 뜨지 않았다. 어디에도 사람은 없었다. 가끔 쓰레기만 바람에 날아갈 뿐이었다. 차도 사람도 없는 찬 겨울 아침을 세호와 함께 걸었다. 새해가 며칠 남지 않았다. 내년에 큰아이가 학교에 들어간다. 아내는 복직할 수 있을까. 성장이 느려서 걱정했던 둘째는 이제 막 말문이 트였다. 아빠 소리를 처음 들었을 때는 세상 근심을 다 내려놓은 기분이었고, 이대로만 살 수 있어도 좋을 것 같은 날들이었다. 깊고 예쁜 밤하늘이 연탄으로 보였다던 세호를 쳐다보았다. 세호 눈에는 저 빛나는 별들이 보이지 않았을까.

세호는 비틀거리면서 연신 재채기를 했다. 어딘지 찾아갈 수 있을지도 의문이었다. 나는 어느 정도 찾다가 집에 가자고 할 참이었다. 이 골목 저 골목을 지났다. 다 비슷한 길이었다. 이런 골목들이 있는지도 몰랐다. 꼬불꼬불 이어진 골목은 다시 빠져나가기 힘들어 보였다. 좁은 골목들을 하염없이 걷다 보니 마침내 어느 길 끝에 버려진 수레가 보였다. 용케 찾아낸 세호는 골목 입구에 서서 수레만 쳐다보았다. 겁이 나는 것일까. 망설이는 세호를 두고 나 혼자 수레 쪽으로 다가갔다.

수레에서 박스와 신문지를 걷어냈더니 진짜 할머니가 누워 있었다. 얼굴이 온통 멍이었다. 세호가 한 말은 전부 사실인 듯했다. 나는 할머니가 숨을 쉬는지 확인한 후 세호를 쳐다보았다. 세호는 이 와중에 누군가와 통화를 하고 있었다. 다시 할머니를 쳐다보았다. 신고를 해야 할지 말아야 할지 망설여졌다. 할머니가 살아만 있었어도 바로 신고할 생각이었다. 지금 신고하면 세호는 어떻게 되고 나는 어떻게 될까. 아니지. 세호는 벌을 받아야지. 난처한 건 나였다. 공범이라고 했던 세호의 말이 떠올랐다. 할머니 통화 내역을 추적하면 내 번호가 나올 것이다. 끝내 세호는 잡히겠지만, 그 전에 내가 용의선상에 오를 건 뻔한 일이다.

안절부절못하는 사이 주머니에서 울리는 진동에 화들짝 놀랐다. 휴대폰을 꺼내자 전화가 끊겼다. 또 아내다. 부재중 전화 여덟 건. 아내에게 고백할까? 바로 메시지가 날아온다.

전화도 안 받고 톡은 읽었으면서 왜 답장을 안 하냐고 했다. 톡? 확인해보니 아내로부터 여러 개의 메시지가 와 있었다. 술자리 내내 한 번도 열어보지 않은 메시지가 모두 읽음으로 처리되어 있었다. 나는 다시 세호를 쳐다보았다. 세호는 벽에 기대어 담배를 물고 있었다. 나는 아내가 보낸 메시지를 처음부터 읽어보았다.

- *진짜 오늘이 마지막이야. 약속했으니까 다시는 그 사람 만나지 마.*
- *제대로 사는 친구 좀 사귀면 안 돼? 이 시간에 불러내는 게 제정신이야?*
- *술값은 또 당신이 낼 거지? 결국 술값 없어서 부른 거라고 이 호구야.*
- *구질구질하고 거지 같아 정말.*

메시지를 다 읽고 나니 온몸에 으스스 오한이 밀려왔다. 다시 세호 쪽으로 고개를 돌렸을 때 세호는 없었다. 골목 입구까지 가서 둘러보았지만 보이지 않았다. 나는 할머니가 있는 쪽으로 걸어가며 세호에게 전화를 걸었다. 음성사서함으로 넘어갈 때까지 세호는 받지 않았다. 이번엔 할머니 번호로 전화를 걸어보았다.

"너 어디야?"

세호는 묻는 말에 대답은 하지 않고 이런 말을 했다.

"술값 없어서 부른 거 아니야."

그 말만 하고 세호는 전화를 끊었다. 곧바로 다시 전화를 걸었지만 세호는 받지 않았다. 갑자기 소름이 돋고 머릿속이 아득해졌다. 나는 아내에게 전화하려고 했다. 눈앞에 죽어 있는 노인네가 중요한 게 아니었다. 내가 용의자가 되는 것도 중요하지 않았다. 세호는 지금 우리 가족이 사는 임대아파트에서 반년이나 살았던 놈이다. 현관 비밀번호를 언제 바꿨던가? 별의별 생각이 다 들었다. 그럴 놈은 아니라고 중얼거리는데 죽은 할머니가 눈에 들어왔다. 그럴 놈이 따로 있나. 나는 급하게 통화 버튼을 눌렀다.

그때였다.

한 치의 망설임도 없이 훅 들어온 그것. 내 왼쪽 옆구리에 무언가 쑤셔넣은 그 남자는 모르는 사람이었다. 살면서 한 번도 본 적 없었던 얼굴이었다. 그는 칼을 빼내서 다시 찌르고 또 찔렀다. 나는 이유도 모른 채 계속 찔렸다. 내가 벽에 기대어 널브러졌을 때, 흥분한 그의 목소리가 들렸다.

"좆까? 어? 좆까?"

우리나라 사람이 아닌 건가. 느닷없이 까긴 뭘 까. 내 머리 위로 가로등 빛이 쏟아졌다. 역광에 그의 얼굴이 희미했다. 떨어뜨린 휴대폰이 덜덜 떨리기 시작했다. 아내일 것이다. 아내 말을 들었어야 했다. 미안하다고 말하고 싶지만, 몸 어디에도 힘을 줄 수가 없다. 나를 찌른 남자는 수레 쪽으로 다가갔다. 수레에 있던 박스 몇 개를 바닥으로 집어 던진 그는 할머니 몸을 툭툭 건드렸다. 반응할 리가 없었다. 그는 수레에 있던 지폐를 자기 주머니에 집어넣으며 다시 내 쪽으로 걸어왔다. 내 앞에 쪼그리고 앉은 그는 너무나 평범하게 생긴 남자였다. 남자가 입고 있는 패딩 점퍼에는 알 만한 회사의 로고가 찍혀 있었다. 출근길에 지하철을 함께 탔을지도 모르고, 같은 음식점 옆 테이블에서 식사를 했을지도 모르는 그런 평범한 사내. 어제 만난 택시 기사도 이렇게 생긴 것 같고, 우리 형들 비슷하게도 생긴 것 같았다. 따로 기억할 수 없을 만큼 보통의 남자. 그가 말했다.

"왜 죽였어?"

나는 고개를 저었다. 말이 나오지 않았다. 고개를 저으니 배가 아팠다.

"뭐 이미 죽었는데 그딴 거 따지면 뭐해. 나도 지긋지긋하던 참이었는데. 그게 중요한 게 아니고. 너 나한테 잘못했지?"

나는 잘못한 걸까, 안 한 걸까. 세호가 할머니를 때린 이유가 떠올랐다. 잘못인 줄 알면서 잘못하고 사는 게 화가 났다던. 어느 쪽일까. 고개를 어느 쪽으로 흔들어야 나는 살 수 있을까. 이자가 원하는 답이 있기는 할까.

그가 다시 말했다.

"아까 나한테 한 짓 말이야. 잘못했지?"

내가 뭘 했다는 건지 알아들을 수가 없었다. 그가 손바닥으로 내 머리를 여러 번 쳤다. 죽은 세호 아버지가 떠올랐다. 아, 어린 세호는 이런 기분이었겠구나. 지금 상태로 말이 안 나온다는 건 알 만한 놈일 테고, 그렇다면 고개라도 흔들어야 할 것 같았다. 그런데 어느 쪽으로 흔들어야 하는 건지 모르겠다. 아무리 생각해도 나는 잘못한 게 없는데 왜 여기서 이러고 있는 걸까. 잘못했다고 하면 살 수 있을까. 그런데 잘못했는지 안 했는지는 중요하지 않았다. 살 수 있는 쪽을 선택해야 했다. 살아야겠다. 살아서 이 새끼와 세호에게 똑같이 잘못을 묻고 싶다. 나도 모르게 고개를 끄덕였다.

"잘못했다고?"

나는 또 고개를 끄덕였다.

"잘못했다고 할 거면서 왜. 어? 잘못인 줄 알면서 왜 그랬냐고. 진짜 잘못했어?"

나는 최선을 다해 고개를 끄덕였다. 끄덕일 때마다 뱃가죽이 따가웠다. 그는 친절하게도, 자꾸만 울리는 내 휴대폰을 내가 보기 편하게 밀어주었다. 화면에는 '아내'가 떴다. 그가 말했다.

"마누라 있는 놈이 이 시간까지 밖에서 노니까 험한 꼴을 당하는 거야."

맞는 말이었다. 당신 말이 옳다고, 나도 후회하는 중이라고 열심히 고개를 끄덕였다.

"앞으로는 잘못하지 말고 사세요. 알겠어요?"

나는 계속 고개를 끄덕였다. 이윽고 일어선 그가 골목을 걸어 나가더니 어둠 속으로 사라졌다.

자기가 나를 찔렀고 할머니는 이미 죽었으니 구급차는 부르지 않겠지. 상습범 같진 않다. 급소는 피한 느낌이다. 피를 많이 흘리진 않았는지 나는 계속 죽지 않고 있다. 정신은 있는데 다만 움직일 수가 없다. 휴대폰이 코앞에 있다. 조금만 움직이면 되는데 그걸 할 수가 없다. 아내한테 문자가 왔다. 들어오면 죽었어. 피식 웃음이 나왔다. 이미 죽어가고 있는데 뭘 또 죽어. 할머니가 웃지만 않았어도 아무 일 없었을 거라고 했던 세호의 말이 떠올랐다. 아, 이런 황당한 꼴을 당하면 이렇게 웃음이 나기도 하는 거였다.

잠시 후 세호에게 문자가 왔다.

– 잘 들어갔냐?

세호는 도대체 어느 지점에서 이런 계획을 세웠을까. 분명히 처음 태도는 이게 아니었는데. 내가 뭘 잘못했을까. 내게 이렇게까지 나쁠 이유가 있을까. 화가 나기 시작한다. 세호가 나쁜 놈은 아니었는데. 우린 그냥 평범한 친구였는데. 이게 다 무슨 일인지 모르겠다. 하늘이 연탄 같다. 점점 연탄 구멍이 늘어난다. 확 불이나 붙어버려라. 바닥으로 피가 흐른다. 할 수만 있다면 세호에게 답장을 보내고 싶다. 좆까라고. 아니, 아니다. 잘못했다고 보낼 것이다. 내가 다 잘못했다고.

완벽하게 헤어지는 방법

미주는 스킨십이 문제라고 생각했다. 그렇게 보이고 싶은 의도는 없었지만, 미주는 늘 차갑고 강해 보인다는 평가를 받곤 했다. 미주는 그 이유가 스킨십에 인색한 때문이 아닐까 생각했다. 자신이 뜨거운 아이라는 것을 스스로 깨닫게 된 계기는 슬픔 때문이었다. 열다섯 살 이후로 미주는 내내 슬픈 아이였다. 혜자는 왜 몰랐을까. 이제 와 혜자는 엄마 코스프레를 하기 시작했다. 내가 널 어떻게 키웠는데! 어떻게 키웠을까. 미주는 생각한다. 키운다는 의미가 뭘까. 미주는 책상맡에 놓인 허브 화분을 바라본다. 잘 크고 있다. 미주는 허브에 물과 햇볕 잘 드는 집을 제공한다. 그것이 키우는 것일까. 허브는 미주로 인해 자라고 있는 것일까. 자라는 건, 그냥 스스로 알아서 자라는 게 아닐까.

친구들과 나름 적당한 비행을 저지르고 집으로 향하던 길이었다. 그래봐야 아주 사소하고 소심한 비행들이었다. 이를테면 학원 빼먹기나 귀를 뚫는 것 같은. 가난한 골목은 여전히 어둡고 처량했으며 희망이 없어 보였다. 저벅저벅 느린 걸음으로 신발 뒤꿈치를 끌며 걷던 그날 밤을 미주는 잊지 않았다. 기필코 잊어버리고 말겠노라 다짐했던 기억들은 기필코 어딘가에 짱박혀 있다가 제 맘대로 이제는 괜찮다는 듯 기억의 주인을 껴안고 일상을 흔들고 만다. 그런 기억, 최초의 거기에 혜자가 있다.

혜자는 사 층 연립주택 옥상에 있었다. 속옷 차림에 맨발이었다. 맨발이었다는 것은 혜자가 옥상에서 내려오고 나서야 알게 되었다. 속옷, 그리고 맨발의 유부녀. 십중팔구 이것 아니면 저거다. 남편한테 맞다가 도망 나왔거나, 불륜하다 걸려 도망 나왔거나. 다행인 것은 맨발과 속옷 차림의 혜자를 본 누구 하나 후자를 의심하진 않았다는 것이다. 누구랄 것도 없이 모두가. 그리고 미주가 본 그날의 혜자는 가여운 사람이었다. 혜자는 옥상 난간에서 헝클어진 머리카락을 흩날리며 하얀 속옷만 입고 서 있었다.

미주는 위태롭다는 단어를 그날 처음 느끼게 되었다. 살면서 보고 들은 수많은 단어의 실체를 대부분 만나보지 못했던 미주였다. 위태롭다거나 공포, 절망, 죽음 따위의 단어는 아직 겪지 않아도 좋을 나이였다. 그러나 미주가 본 장면은 그랬다. 혜자는 정말 위태로워 보였다. 미주는 어떤 행동도 할 수가 없어 그저 혜자를 올려다보기만 했다. 혜자도 미주를 내려다보았다. 엄마와 딸은 하필 그런 거리에서 서로를 바라보았다. 혜자는 미주를 향해 울부짖었다.

미안해…….

미안하다고 소리치는 혜자를 올려다보며 미주는 기이한 장면을 목격하고 말았다. 남편한테 죽을 만큼 폭행당한 여자가 건물 꼭대기에서 자신의 딸을 내려다보며 미안하다고 말하는 순간, 흩날리는 여자의 머리 위에서 빛나던 무수한 별들. 미안하다고 외치는 혜자의 검은 얼굴 뒤에서 제 온몸을 껌뻑대며 빛을 발하는 별들의 이야기를 미주는 들었다.

대단한 슬픔이나 비참함을 머금은 사람의 등 뒤에서 언제나 빛나고 있었을 저 별들은 정작 보아야 할 대상에게는 보이지 않는다. 절망으로 가득 찬 사람들이 희망이 있다는 희망의 이야기를 듣지 않으려고 할 때, 그때도 저렇게 뒤에서 반짝이며 서 있다. 네가 믿지 않아도 나는 존재한다는 식으로 가증스럽게. 주로 힘없는 사람들의 생에서는 앞에서 절망이 빛나고 희망은 그 뒤에서 웅크리고 있다. 삶이 완벽하게 어두울 때 선심 쓰듯 짠, 하고 등장하겠다는 비장한 의미까지는 아닐지도 모른다. 죽고 싶어도 죽게는 만들지 않겠다는 아주 간사한 신의 선심 공세. 불행보다는 행복으로, 절망보다는 희망 쪽으로 삶이 편집되길 바라며 신의 가호를 외치는 가여운 인간들.

미주는 혜자가 뛰어내리지 않을 거란 걸 확신했다. 어떤 엄마라도 딸 앞에서 머리통이 깨진 모습으로 남고 싶진 않을 테니까. 심지어 혜자는 사 층 옥상까지 올라갈 힘이 있었고, 지상에서 자신을 올려다보고 있는 딸에게 미안하다고 말할 정신도 있었고, 동네 사람들에게 상처받은 가련한 여인으로 비칠 만큼 예쁘게 울고 있었으니 말이다. 그렇다고 위태롭지 않은 건 아니었다. 사람이 위태로워지면 어떤 돌발적인 행동을 할지 예측할 수 없었다. 미주가 할 수 있는 거라곤 혜자가 뛰어내리지 않을 거란 걸 믿는 것뿐이었다. 미주는 끝까지 울지 않았고 혜자에게서 눈을 떼지 않았다.

혜자는 그날 미주가 이모라 부르는 수많은 여인의 품에 안겨 지상으로 내려왔다. 누구 옷인지 알 수 없는 촌스러운 바바리코트로 온몸을 감싸고 있었다. 미주는 혜자를 가만히 쳐다보았다. 이모들 품에 안긴 혜자는 하염없이 울어야 해서 미주를 챙기지 못했다. 혜자는 막 끄집어낸 신생아처럼 응애응애 소리 내 울었다. 자신 때문에 심장을 쓸어내렸을 사람들에게 변명 대신 건네는 눈물어 같았다. 이모들은 하나같이 혜자의 몸을 어루만지며 위로를 건넸고 함께 울어주기도 했다. 혜자를 향한 동정과 위로는 곧장 남편인 종수를 비난하는 단계로 넘어갔고, 타인의 품을 의지한 혜자의 표정은 아이러니하게도 평온한 단계로 넘어갔다. 그때 혜자는 정말 평온했을까.

어쩌면 혜자는 타인의 품이 더 편안했을지도 모른다. 바로 옆에 서 있는 미주를 미처 챙기지 못하고 자신의 슬픔에 집중하는 것 같았다. 그런 상황에서 필요한 사람은 오직 타인일까. 어떤 품이든 품이라는 것은 사람에게 꼭 필요한 무엇이니까. 특히나 그날 혜자의 상황이었다면 더욱 그랬을 테니 이해해주어야 한다고 미주는 생각했다.

엄마라는 단어가 가진 의미가 단순히 어머니란 단어의 비격식체가 아니라는 것을 미주는 언니 미진을 통해 알게 되었다. 미주보다 일곱 살이 많은 미진은 혜자를 부를 때마다 언제나 간절했다. 그 간절함은 마치 영혼이라도 팔 수 있을 것 같았다. 그리고 혜자가 부름에 대답하면 나갔던 영혼이 다시 돌아온 듯 얼굴이 편안해졌다. 혜자를 부르는 미진의 음성은 언제나 새벽이슬을 머금은 벚꽃처럼 새하얗게 젖어 있었다. 그런 미진은 혜자의 부재를 불안해했고 그때마다 애달픈 목소리로 혜자를 불러댔다.

"엄마!"

"엄마—아."

일곱 살이었던 미진이 잠에서 깨난 어느 날 아침이었다. 혜자가 사라졌다. 두려움에 휩싸인 어린 미진은 이불 속에서 벗어날 수가 없었다. 처음에는 혜자의 옷가지가 모두 사라졌을까 봐 그랬고 나중에는 떠나는 혜자의 뒷모습이 보일까 봐, 그런 혜자를 부르게 될까 봐 그랬다고 했다. 일곱 살이었던 미진은 일곱 살에 처음으로 버려진다는 것의 두려움을 알게 되었고, 그럼에도 불구하고 붙잡을 수 없는 이의 슬픔을 느꼈다. 이불 속에서 목 놓아 혜자를 부르면서도 혜자가 도망가는 길이라면 자신의 목소리가 그녀에게 들리지 않길 기도했던 일곱 살의 미진은 그때부터 엄마라는 단어에 눈물을 담기 시작했던 것 같다. 다행히 미진의 울음소리에 집 안으로 들어선 이웃집 이모가 동생을 낳으러 갔다고 말해주었다. 버림받는 것에 대해 일부 간접경험을 한 미진은 성장하는 내내 혜자의 부재를 불안해했다.

당시 혜자가 일곱 살 난 어린 딸을 혼자 내버려둔 채 출산

해야 했던 이유는 순전히 남편 종수 때문이었다. 종수는 미주가 태어나는 날에도 술을 마셨다. 어린 딸과 단둘이 집을 지키던 만삭의 혜자는 진통이 시작되자 종수를 찾았다. 종수는 연락이 닿지 않았다. 남편으로서 해야 할 도리를 할 작자였다면 만삭인 아내를 두고 술판에 끼진 않았을 것이다. 그런데도 혜자가 진통으로 눈앞이 노랑노랑 변할 때 생각나는 사람이 종수뿐이었다는 사실이 참 슬픈 일이었다고 혜자는 자주 회상했다.

혜자는 이웃집 이모에게 일곱 살 난 미진을 부탁하고 택시를 탔다고 했다. 병원 입구에 도착했을 때 양수가 터지며 진통은 극에 달했고, 혜자는 분만실 입구 바닥에 쓰러졌다. 이미 자궁문이 열려 미주의 머리카락이 보였고 의사와 간호사들이 혜자를 침대 위로 힘껏 들어 올리자마자 미주는 되돌릴 수 없는 세속으로 머리통을 쑥 내밀었다. 그렇게 미주는 날 때부터 그 누구의 관심도 배려도 받지 못한 슬픈 아이였다.

혜자가 미주에게 내가 너를 어떻게 낳았는데! 라는 말을 할 때면 미주는 이렇게 반격했다. 내가 어떻게 태어났는데! 그러면 혜자는 피식 웃을 때가 더 많았지만 때로는 속이 상해 소주를 마시곤 했다. 술을 마시게 된 날이면 혜자는 반드시 취했고 취한 혜자는 눈물 콧물 다 쏟아가며 곡비처럼 곡을 했다. 미진은 그런 혜자 곁에서 언제나 함께 울었다. 미주는 그 두 모녀가 정말 삼류 같았다. 매번 똑같은 과거 속으로 들어가 아파하면서도 또 기억하고 또 기억했다. 미진은 그런 혜자를 무던히 받아주었고 혜자가 울면 언제든지 함께 울었다. 그때마다 미주는 생각했다. 사람이 상처를 많이 받으면 퇴행이 일어나는지도 모른다고. 혜자는 내일이 아니라 어제로 가는 시간 속에서 길 잃은 어린아이 같았고 미진은 그런 혜자의 손을 잡고 초행길을 헤매는 것 같았다.

졸지에 나쁜 아빠가 된 종수는 평소에는 딱히 나쁘지 않은 사람이었다. 대체로 그렇듯 문제는 술이었는데, 참이슬을 여러 병 마신 종수는 가끔 괴물로 빙의하는 것 같았다. 미주는 그 모습을 이슬 괴물이라 불렀다. 이슬 괴물로 변한 종수는 혜자를 매 맞는 아내로, 미진과 미주를 가정폭력 속의 자녀로 살게 했다. 확실한 이유는 알 수 없었다. 그저 종수는 혜자를 사랑했다. 심지어 처음처럼, 여전히, 계속 사랑했다. 그런데 혜자는 종수가 싫었다. 똑같이 처음처럼, 여전히, 계속 싫었다. 부부의 문제는 그것이 발단이었다. 사랑, 유치하게도. 미주는 실제로 혜자가 맞는 장면을 직접 목격한 기억은 없었다. 주로 청각으로 기억되는 그것은 성장 중인 미주에겐 더욱 잔인했다.

고함과 비명. 둔탁한 무언가를 집어 던지자 유리 재질의 무언가가 깨지는 소리. 욕하는 소리와 울음소리. 무언가를 벽에 찧는 소리. 다양한 소리. 늘 똑같은 공포. 미진은 어린 미주의 몸을 이불 속 깊이 파묻고 자신의 몸으로 감싸곤 했다. 미주가 아무 소리도 듣지 않기를 바라는 것 같았다. 그래서 미주는 자신이 들은 것을 입 밖에 내지 않았다. 자신이 듣지 않았다고 생각하는 것이 언니의 수고와 사랑에 보답하는 길이라고 생각했다. 미주는 모든 것을 들었음에도 아무것도 듣지 못하는 아이처럼 힘겨운 밤을 보내야 했다. 그리고 다음 날이면 혜자의 몸에 난 구타의 흔적과 엉망이 되어버린 세간들을 목격하면서 간밤에 들었던 소리와 짝을 맞춰보곤 했다. 유리가 깨지던 소리는 혜자의 화장대 거울이었구나. 무언가를 벽에 찧던 소리는 혜자의 머리통이었구나. 뭐 그렇게.

미진이 대학교에 입학하고부터 혜자는 미진을 딸이라고 생각지 않는 것 같았다. 거의 애인 수준이었다. 사소한 일에도 미진을 찾았고 미진의 부재를 두려워했고 덕분에 미주는 안중에도 없었다. 미주가 막 사춘기에 접어들어 가슴이 봉

긋해지는데도 혜자는 미주의 브래지어 따위에 관심이 없었다. 미주가 비염이 심해서 밤잠을 설친 지 몇 해가 지나도록 혜자는 아무런 조처를 해주지 않았다. 미주는 한쪽 콧구멍으로 숨을 쉬고 한쪽 콧구멍으로 냄새를 맡았다. 시력이 점점 나빠져서 칠판 글씨가 완벽하게 안 보일 때까지 혜자는 모르고 있었다. 시각과 후각의 기능을 상실하면서 미주는 점점 청각이 예민해졌고 성격도 날카로워졌다. 그 결과 미주는 그냥 성질 더러운 딸내미 그 이상도 이하도 아니었다. 사람들은 미주가 그런 미주로 만들어진 과정에 대해서는 일절 알려고 하지 않았다. 그건 가족도 마찬가지였다. 안팎으로 미주는 그저 성질 더러운 아이로 정의되었다.

미주가 혜자에 대해 툴툴대면 미진은 항상 혜자를 이해해야 한다고 말했다. 혜자는 참, 가련한 여자라고도 말했다. 미주는 국어 시간에 그 말이 문득 떠올라 선생님께 가련하다는 말이 무슨 뜻인지 물어보았다. 선생님은 불쌍하고 가여운 사람을 두고 하는 말이라고 대답해주셨다. 불쌍하다는 말은 알겠는데 가엾다는 말은 어떤 의미인지 이해가 되지 않았다. 두 가지 말을 한 단어로 만든 것은 두 개가 함께여야 할 만큼 복잡한 의미라는 뜻일까. 어쨌든 미진은 혜자를 불쌍하게 생각하는 것 같았다. 그래서 혜자를 이해해야 한다고 생각하는 거라면 그것은 바른 생각이 아닐지도 모른다고 미주는 생각했다. 불쌍하다는 단어는 동정과 더 잘 어울리지. 그리고 동정한다고 해서 항상 이해되는 것은 아니지 않을까?

종수는 나이가 들수록 술 먹는 횟수도 줄었고 더불어 혜자를 폭행하는 일도 줄어들었지만, 여전히 미치도록 혜자를 사랑하는 건 분명했다. 종수가 제정신에 혜자를 사랑하기 시작하자 혜자는 예전보다 더 자주 종수를 향해 격분했고, 종수는 혜자가 취한 것 같을 때는 어떤 감정 표현도 하지 않고 자리를 피했다. 그런 종수 때문인지 기세등등해진 혜자의 음주는 점점 늘었다. 취한 혜자의 모든 감정은 종수를 향해 있었다. 예전보다 과격하게 분노를 표출하곤 했는데 그 분노는 언제나 현실이 아닌 과거의 기억이었다. 혜자는 여전히 과거를 향해 걷고 있었다. 어쩜 그렇게 날도 잘 기억하는지. 어떤 날 무슨 일이 있었는데 그래서 자신의 팔자가 이렇게 되었다며 하소연하는 식이었다. 그'날'들은 무수히 많았고 언제나 비슷했다. 혜자의 거친 술주정이 서너 번 연속되면 침체해 있던 종수의 음주가 시작되었고 이슬 괴물이 서서히 모습을 드러냈다. 그러면 상황이 걷잡을 수 없어졌는데, 옛날과 다르게 혜자가 맞짱 뜨기를 시작했기 때문이었다.

묵직한 어떤 물체가 왼쪽 벽에 부딪히면 곧이어 사기 재질의 어떤 것이 오른쪽 벽에 부딪혀 쩍 하고 소리를 냈다. 씨발년이 왼쪽 벽에 부딪히면 개새끼가 오른쪽 벽에 부딪혔다. 옷 찢어지는 소리가 들리면 뺨 때리는 소리가 들렸다. '죽어라'와 '죽여라'가 안방에서 합창하며 클라이맥스를 찍었다. 혜자가 흐느끼는 소리가 들리면 대충 종지부를 찍는 타이밍이었다. 이슬 괴물은 한바탕 소란을 피운 후 거실에서 담배를 피우곤 했다. 담배 냄새가 방 안으로 솔솔 기어들어오면 숨어 있던 미주는 마음이 편안해졌다.

미주가 이불 속에서 웅크리고 있고 미진이 그 위에서 혜자를 덮치고 있던 상황은 미주가 중학교에 입학하면서 서서히 사라졌다. 대학생이 된 미진이 바빠진 이유도 있을 것이고 혜자와 종수의 싸움이 잦아든 이유도 있을 것이고 무엇보다 미주의 덩치가 커진 이유도 있을 것이다. 어쩌면 덩치가 아니라 모든 걸 알아도 될 만큼 미주의 머리가 커졌기 때문일지도. 오히려 미주는 방금 깨진 건 분명 재떨이일 거야. 그건 아빠가 던진 것일 테고 옷을 찢은 건 엄마겠지? 따위의, 소리와 상황을 판단하는 일에 주력하곤 했다.

혜자의 얼굴에는 자주 멍이 들었고 혜자의 선글라스는 종류가 다양해졌다. 혜자가 선글라스를 사러 갈 때 미주는 종종 따라나섰다. 선글라스를 사서 기분이 좋아진 혜자는 미주에게 싸구려 운동화나 짝퉁 티셔츠를 사주기도 했다. 혜자의 얼굴에 멍울이 다 빠지고 나면 선글라스는 모두 미진의 차지였다. 미진은 그날의 패션과 날씨에 따라 혜자의 선글라스를 빌려 쓰곤 했다.

"햇볕이 쨍쨍하지도 않은데 선글라스는 왜 쓰는 거야?"

미주가 그렇게 물으면 미진은 간택한 그날의 선글라스를 가방에 집어넣으며 말했다.

"내가 엄마 선글라스 쓰는 걸 엄마가 좋아해."

"어째서?"

"글쎄…… 그건 아주 심오한 얘긴데, 기억 위에 기억을 얹는 거지."

미주는 온전히 이해할 수 없었지만, 그것은 마치 미진이 혜자의 행복을 위해서 혜자의 선글라스를 쓰는 것만 같은 이야기였다.

멋지게 선글라스를 쓰고 나간 미진의 귀가는 밤 아홉 시가 넘는 법이 없었다. 대학생이 되어서도 집에 일찍 오는 것이 좋은 모양인가. 미주는 그런 미진을 이해할 수 없었다. 혜자 역시 어른이 된 미진을 지나치게 기다렸다. 가난한 동네에도 날마다 해는 꾸역꾸역 저물었고 그때마다 혜자는 불안한 듯 미진에게 전화했다. 그러나 귀가를 재촉하지는 않았다. 그저 밥은 먹었느냐, 어디에 있느냐, 별일 없었느냐 따위의 안부 전화였지만 전화는 언제나 해가 꼬리만 남겨둔 시각에 시작되는 게 문제였다. 미진은 그런 혜자의 전화를 항상 상냥하게 받아주는 듯했고 혜자와의 통화가 끝나면 얼마 뒤 미진이 집으로 들어왔다. 미진은 학교에서 있었던 일들을 어제 그제와 같이 주절주절 떠들었고 혜자는 거진 똑같은 그 이야기들을 주섬주섬 들으면서 처음 듣는 얘기처럼 즐거워했다.

미진이 대학교 삼 학년이 되면서 혜자는 술을 더 자주 마시는 것 같았다. 그것은 아마도 미진의 부재가 잦아졌기 때문이라고 미주는 생각했다. 외로움 때문인지 술에 취한 혜자의 과한 시위도 점점 빈번해졌다. 여전히 과거의 상처에 분노하고 있었고 매번 화살은 가만있는 종수에게 돌아갔다. 일부러 시비를 거는 것 같기도 했다. 입이 열 개라도 할 말 없다는 듯 묵묵히 받아내던 종수의 인내심은 바닥을 치기 시작했다. 그때만큼은 종수를 이해할 만했고 그건 우려가 섞인 이해였다. 그러나 그 사실을 인지 못한 혜자는 귀신

본 무당처럼 종수만 보면 눈을 뒤집었고 잠자던 이슬 괴물을 불러냈다.

사달이 난 건 하필 미진이 엠티를 가고 없던 날이었다. 꼭 이런 날엔 비가 온다며 이른 아침 우산을 챙겨 들던 미진은 좁은 현관에서 몇 번이고 혜자를 힐끗거리며 잔조롭게 움직였다. 그런 미진을 편히 보내주지 못하고 시퉁한 얼굴로 배웅하는 혜자 때문에 현관문을 나서는 미진의 표정은 살얼음을 밟는 노인 같았다.

"이산가족 납셨네. 뜨겁게 한번 안아들 주세요."

미주가 빈정대자 혜자는 허공에 종주먹을 들이대며 미주를 노려보았고 미진은 그 틈에 겨우 집을 나설 수 있었다. 그래봐야 일박이일이지만 혜자가 미진과 그렇게 긴 시간 떨어져 있는 것은 드문 일이었고 그건 미주도 마찬가지였다.

날은 불량해지기로 작정한 듯 종일 어둑충충했고 미진은 틈만 나면 혜자에게 문자나 전화를 했다. 혜자의 심기는 흐린 날씨처럼 풀릴 기미가 없었다. 말하자면 혜자가 술을 마시지 않을 가능성은 없는 날이었다. 혹시 엄마가 술을 마시거든 방에 들어가 이불 속에서 꼼짝 말라는 충고를 어젯밤 미진은 잊지 않았다. 결국, 혜자는 혼자 술을 마시고 노래를 부르다가 가끔 울고 가끔 미진과 통화하더니 잠이 들었는지 이내 조용해졌다. 꽤 싱겁게 지나가나 싶었는데 하필 그날 따라 종수도 만취해 들어와서는 거실에서 잠든 혜자를 툭툭 건드리고 말았다.

"사랑한다, 마누라야!"

아, 어쩜 저리도 일방적이고 맹목적인 사랑에 빠졌을까, 저 남자는. 미주는 두 손으로 귀를 막았다. 혜자가 일어나 짜증 내며 소리를 질렀다.

"술을 처먹었으면 조용히 잘 것이지, 왜 사람은 귀찮게 해!"

그리고 곧 병이 베란다 문에 부딪혀 깨지는 소리가 들렸다. 혜자가 마시던 술병이었을 것이다.

"사랑한다고오!"

드디어 시작인가. 미진이 없는 밤이 두렵기는 미주도 혜자와 비슷했다.

과거와 비교했을 때 싸움의 강도가 예사롭지 않았다. 그간 들어보지 못한 것들이 깨지는 소리가 났다. 혜자의 머리통이 벽에 부딪히는 소리도 여느 때보다 자주 들렸다. 종수가 늑대처럼 울부짖는 생소한 소리도 미주의 방 안으로 새어들었다. 마침내 혜자의 비명이 들렸는데, 찰나였다. 그리고 오래도록 무음…… 빗소리가 이토록 청명했던가. 미주는 무음이 영 신경 쓰였다. 이불 밖으로 고개를 내밀어 귀를 쫑긋 세워보아도 무음. 무음은 가장 불안한 암시였다. 거짓말 같은 진공상태가 이어졌다. 잠시 후 미주의 휴대폰이 이불 속에서 발악하며 흔들렸고 놀란 미주는 엎드린 채 고꾸라졌다. 발신자는 미진이었다.

결국, 미진은 일박하지 못한 채 집으로 왔다. 비가 그쳤고 거실에서는 종수의 코 고는 소리만이 규칙적으로 들렸다. 미주는 미진의 말대로 미진이 올 때까지 이불 밖으로 나오지 않았다. 미진은 집에 들어오자마자 혜자를 추스르는 듯했고 그다음 미주에게로 왔고 제법 침착해 보였다.

"밖에 별일 없어?"

미진은 말없이 고개를 끄덕였다.

"술 마셨어?"

미진은 똑같이 고개를 끄덕였다. 미주는 술이라면 치가 떨린다던 미진이 술을 마신 게 별일이다 싶었지만, 긴장이 풀렸는지 스르륵 잠이 쏟아졌다.

동이 틀 무렵 오줌보를 쥐고 방을 나서던 미주는 해괴한 장면과 마주했다. 술에 취해 거실 한가운데 아무렇게나 곯아떨어진 종수의 몸뚱이를 가랑이 사이에 둔 시커먼 사람의 형체가 서 있었다. 그 사람은 종수의 얼굴을 하염없이 내려다보고 있었다. 마침 천천히 어둠을 몰아내던 태양이 비루하지만 남향이 분명한 거실을 향해 병아리같이 노란빛을 안겨주었다. 그리고 미주는 노란 거실에서 번뜩이는 눈빛과 마주쳤다.

그 사람은 온몸을 부르르 떨고 있었다. 부들부들 떨리는 그의 손에는 낯익은 물체가 손과 함께 부르르 떨리고 있었다. 그것은 혜자와 종수가 싸우는 날이면 집 안에 있는 날카로움을 지닌 모든 것들을 옷장 속에 숨기던 미진의 슬픈 비밀 같은 거였다. 옷장 열리는 소리가 나면 이불 몇 채가 사부작사부작 들리고 다시 이불 틈새를 메우려 톡톡대는 소리가 들리곤 했다. 언젠가 미진이 깜빡하고 치우지 못해 미주가 보게 된 이불과 이불 사이에는 식칼과 과도, 가위, 그리고 저기 부르르 떨고 있는 망치가 숨어 있었다. 미진이 분명했지만, 미주는 미진을 부르지 못했다. 언니를 부르지 못한 동생은, 중학생이었던 미주는, 선 채로 오줌을 싸고 말았다.

그들은 그날의 자신 그리고 서로가 본 장면들을 누구도 발설하지 않았다. 종수는 혜자의 목을 졸랐고 혜자는 딸들을 버리려 했고 미주는 선 채로 오줌을 쌌고 미진이 망치를 들고 서 있었던 사실에 대해. 모두가 상처받았지만, 누구도 당당하지 못했던 그날에 대해 약속한 듯 모두가 침묵했다.

침묵의 결과는 놀라웠다. 종수와 혜자는 그날 이후 술을 마시지 않았고 야간 빈뇨가 심했던 미주는 그날 이후 자다가 일어나 오줌을 눈 적이 없었다. 가장 큰 변화는 미진이 혜자에게 냉소적으로 변한 것이었다. 미진은 혜자와 함께 울어주지 않았다. 혜자에게 일과를 조곤조곤 얘기하지도 않았으며 치매 환자처럼 기억 속에서 헤매지 말라는 놀라운 충고도 했다. 어쩌면 미진은 그날을 계기로 혜자와 조금씩 이별을 하고 싶었는지도 모른다. 혜자가 과거의 상처와 이별하기 위해서는 자신이 먼저 혜자와 이별해야 한다고 생각했는지도. 다행스럽게도 혜자는 그런 미진을 받아들이려고 노력하는 것 같았다. 그리고 미주에게 엄마 코스프레를 시작한 것도 그 무렵이었다.

그들은 서로에게 살가운 존재는 아니었지만, 그 누구도 완벽히 떠나진 않았다. 서로의 기억 속에서 자신의 과거를 솎아내고 싶었을지도 모른다. 여전히 가족이라는 이름으로 그들은 한집에 머무르며 미진의 말대로 기억에 기억을 덧칠하려고 노력했다. 혜자가 자기 자신으로부터 도망가지 않도록 무던히 애쓰는 미진을 보며 미주는 일곱 살이었을 미진이 떠올랐다. 미진은 본 적 없는 일곱 살의 언니와 자신의 일곱 살을 떠올려보았다. 같은 부모, 같은 환경, 같은 성별. 고작 언니와 동생이라는 차이가 만들어낸 숱한 장면들이 대비되어 떠올랐다. 어떤 장면은 너무 슬펐고 또 어떤 장면에서는 죄책감이 들었다. 희미하지만 모든 장면에서 종수가 함께 떠올랐다. 떠올리지 말자. 떠오르는 것은 부질없다. 아니, 부질없는 것보다 더 위험한 일인지도 모른다. 떠올리는 기억들 대부분에 먼지가 묻어 있기 때문이다. 아주 뿌옇다. 그것을 진실이라고 왜곡하며 떠올리고 곱씹는 동안 우리는 위험한 존재가 될지도 모른다. 우울한 기억들은 떠올리지 않는 편이 자신을 보호하는 방법이라는 것을 미주는 알고 있었다.

미주는 물 빠진 바닷가에서 바닷물이 빠진 것도 모른 채 버둥거리는 혜자처럼은 살기 싫었다. 처음부터 일방적으로 시작된 종수의 사랑, 사랑하는 법을 몰라 평생 비틀린 사랑만 하는 종수처럼도 살기 싫었다. 그렇게 다짐은 했는데 어떻게 살아야 그렇게 살 수 있는 건지 알 수가 없었다. 미주는 그냥 슬픈 아이로 살고 싶었다. 슬프고 아픈 고딩의 추억을 갖고 싶었다. 나중에 혜자와 종수가 늙으면 당신들이 자신을 얼마나 슬픈 아이로 방치했는지 말해주고 싶었다. 그

카드라도 가지고 있으면 혹시 이다음에 인생이 박살 나도 들이댈 핑계는 되겠지. 그런 생각이 들었다. 훗날 붙잡고 원망할 대상이 있다는 건 생각보다 든든한 일인 것 같았다.

미주는 슬픈 아이라는 자신의 캐릭터가 마음에 들었다. 무엇보다 그건 낭만적으로 느껴졌다. 사실 낭만이 뭔지 잘 모르지만, 낭만이라는 글자를 발음하면 왠지 좀 슬펐다. 그런데 막상 슬프게 지내겠노라 마음을 먹고 보니 슬플 일이 별로 없었다. 미주는 성적도 학교생활도 고만고만했고 어딜 가도 저 여기 있어요, 라고 말하기 전에는 존재감이 없었다. 그래서 일단 뭐든 저지르기로 했다. 미주는 종수와 정반대인 바람둥이 K와 교재를 시작했고 담배를 태웠고 술을 마셨고 새벽을 헤매었다.

그즈음 미주는 어느 책에서 본 '맹목적'이라는 단어에 꽂혀 있었다. 미주는 K와 첫 키스를 하면서 맹목적인 종수의 사랑에 대해 생각했고, 맹목적이라는 단어가 오히려 혜자에게 더 잘 어울릴지도 모른다고 생각했다. 종수에겐 사랑을 갈구하는 구체적인 이유와 목적이 있었지만, 혜자에겐 종수의 사랑을 거부하는 납득할 이유가 없었다. 혜자는 종수를 맹목적으로 거부하고 미워했다. 물론, 종수의 폭행이 먼저였는지 혜자의 거부가 먼저였는지는 아무도 모른다.

어쩌면 모두가 맹목적이었는지 모른다. 미진은 맹목적으로 혜자를 안쓰러워했고 미주는 맹목적으로 화가 났으니까. 미주가 맹목적이라는 단어를 남발하자 K가 발끈한 적이 있다. 세상에 맹목적인 사람은 없다며. 타인에게 그렇게 보일 뿐이라며. 자신은 여자들이 이래서 싫다며 미주를 비난하기도 했다. K의 엄마가 K를 버리고 집을 나간 사실은 한참 뒤에 알게 되었다. K는 자신을 버린 엄마를 맹목적으로 혐오했다.

K와 술을 마시고 집으로 향하던 날 술기운을 없애기 위해 동네 놀이터에 앉아 담배를 물고 있을 때였다. 횡단보도 건너편에 택시가 서고 심하게 취한 여자가 내렸다. 심하게 취한 여자는 비틀거리다가 쓰러졌다. 쓰러졌던 여자는 미주를 알아보았는지 오징어 걸음으로 미주를 향해 걸어왔다.

"언니?"

미주는 얼른 담배를 흙 속에 인멸하고 껌 종이를 풀었다. 비틀거리며 미주 옆에 앉은 미진은 다짜고짜 미주의 손을 자신의 코에 가져가 킁킁거렸다. 미주의 입 주위도 킁킁대더니, 내 동생 술도 먹고 담배도 피우네? 하면서 못생기게 웃었다.

"동생! 껌에서 담배 냄새가 나네?"

미진은 놀이터가 윙윙 울리도록 계속해서 이상하게 말하고 큰 소리로 웃었다. 미주는 그런 미진을 말리지 않았다. 누구에게나 처음은 관대해야 하는 법이니까. 미진이 취한 모습은 혜자나 종수의 그것과 사뭇 달랐다. 말하자면 미진은 어쩔 수 없이 취한 상태인 것 같았다. 미주는 미진을 안아주고 싶었지만 그럴 수 없었다. 말했듯이 미주는 스킨십에 인색했다. K를 불러 대신 안아달라고 말하고 싶었다.

미주는 그날 놀이터에서 향후 미진은 기억 못 하고 자신만 기억하게 될 미진의 이야기를 듣게 되었다. 그것은 미진이 혼자 몹시도 오랫동안 간직해온 이야기였다. 매일 밤 잠들기 전 미진에게 나타나는 검은 그림자. 그 그림자의 이야기다.

그림자는 미진에게 밤마다 같은 질문을 한다.

– 너 죽고 싶지? 죽을래? 살래? 죽고 싶으면 죽게 해주겠지만, 살고 싶으면 살아야 하는 이유를 얘기해야 해.

미진은 매일 같은 대답을 한다.

– 살아야 해요. 동생이 감당하게 할 수는 없어요. 동생이 어

른이 될 때까지는 살아야 해요. 꼭 살아야 해요.

그럼 그림자는 아무 대꾸도 없이 사라진다는 것이다. 미진은 "살아야 해요"라는 부분을 이야기하면서 정말 살고 싶은 사람처럼 가슴을 움켜쥐며 고통스러워했다. 미주는 미진의 이야기에서 주인공이 혜자가 아니라 자신이란 사실이 조금 어색하고 부끄러웠다. 미진이 살아야 하는 이유. 그 대목에서 혜자가 아닌 자신이 등장한다는 것이 약간 기분 좋았던 것 같다. 물론 미진은 서럽게 울어댔지만 말이다.

미진을 부축해서 집으로 향하는 길에 미진은 미주에게 계속 미안하다고 말했다. 그리고 집에 들어갔을 때 이미 집 안은 한바탕 난리가 난 후였다. 미주는 그 난장판의 현장을, 소리로만 들어왔던 그 장면들을 처음으로 생생하게 목격했고, 청각보다는 시각이 확실히 잔인하다는 것을 알게 되었다. 손발이 떨렸다. 눈동자가 가만히 있지 않았다. 소파와 벽에는 누구의 것인지 모를 피가 여기저기 튀어 있었다. 혜자는 사라지고 종수는 술에 취해 잠들어 있었다. 취한 미진은 비틀거리며 거실에 깔린 카펫을 끌어당겨 미주의 머리에 씌우려고 했다.

"보지 마. 보지 마."

미주는 모기처럼 앵앵거리는 미진에게 화를 냈다.

"들리는 건? 들리는 건 어떡해! 듣기만 하는 게 얼마나 무서운 줄 알아? 제발 그만 좀 해! 하나도 고맙지 않으니까!"

미주는 자신의 방으로 들어가버렸다.

새벽 두 시쯤 현관문 열리는 소리가 들린다. 소리는 부엌으로 이어진다. 컵에 물을 따르고 벌컥벌컥 목구멍으로 물이 넘어간다. 미진의 방문이 열렸다가 닫힌다. 미주의 방문이 열렸다가 닫힌다. 소리는 안방 문이 닫히면서 끝이 난다. 모두가 한집에 다시 돌아왔다. 미주는 모두 헤어져야 한다고 생각한다. 같이 살면 안 되는 사람들도 있다고 생각한다. 미주는 일어나 옷장 문을 연다. 켜켜이 쌓인 이불들 사이로 미진의 비밀이 아닌 미주만의 비밀을 하나 꺼내 든다. 그리고 천천히 거실로 나간다.

거실 바닥에 종수가 코를 골며 잠들어 있다. 미주는 종수의 몸뚱이를 가랑이 사이에 끼우고 선다. 갑자기 종수가 코를 골지 않는다. 그렇다고 깬 것도 아니다. 미주는 종수를 내려다본다. 종수의 눈썹이 미세하게 떨린다. 그러나 깨지는 않는다. 미주는 자신이 가장 슬픈 아이가 되는 것이 어떤 길일까 생각해본다. 모두가 자신을 버려준다면 좋았겠지만 아무도 버리지 않았다. 관심도 없으면서, 사랑해줄 것도 아니면서, 버리지도 않았다. 미주는 그냥 침대 위의 베개처럼 가만히 이 집에 있기만 했다. 잠잘 때만 찾게 되는 베개 같은 존재. 단 한 번도 빨지 않아 눅눅한 냄새가 밴 베개 같은. 평생 뒤통수나 마주하는 베개 같은 존재.

미주는 종수를 오랫동안 내려다본다. 누구도 도망가지 않고 완벽하게 헤어지는 방법이 무엇인지 생각한다. 동생이 감당하게 할 수 없어서 미진이 죽지도 못했던 그게 무엇인지 생각한다. 혜자가 종수의 사랑을 절대 받아들이지 않은 이유에 대해서 생각한다. 종수가 혜자를 처음 때린 다음 날 꽃다발과 삼겹살을 사주더라는 혜자의 끔찍한 기억을 떠올린다. 미주는 이슬 괴물 따위가 아니라 누가 진짜 괴물이 되는 게 가장 슬플지 고민한다. 자신이 이 자리에 이렇게 서 있는 것에 대해 생각한다. 그리고 완전한 이별에 대해 깊이, 생각한다. 미주는 오른손에 들고 있던 날카로운 비밀 하나를 두 손으로 움켜쥐었다. 그리고 높이 쳐들었다.

"악!"

외마디 비명과 함께 거실에 불이 켜졌다.

혜자였다. 방 안에서 '살아야 해요, 살아야 해요'를 반복하던 미진도 거실로 나왔다. 종수는 전등 불빛 때문에 미간을 찌푸렸지만, 끝까지 눈을 뜨지는 않았다. 계획에 없었던 갑

작스러운 상황에 놀란 미주는 들고 있던 물건을, 혜자가 김치 따위를 자를 때 쓰던 그것을 손에서 놓치고 말았다. 그것이 자신의 몸뚱이 어딘가로 떨어지는 것을 피하고자 종수가 몸을 일으키려고 했을 때, 종수의 행동이 미주를 향한 폭력이라 느낀 혜자가 종수를 향해 달려들었다.

혜자는 김치 냄새가 밴 그것을 집어 들어 상체를 사십오도쯤 일으킨 종수의 몸에 휘둘렀다. 종수는 왼팔을 들어 혜자가 휘두르는 그것을 방어하려 했지만, 왼쪽 가슴팍을 찔리고 말았다. 피를 흘리는 종수를 아랑곳하지 않고 혜자는 같은 부위를 반복해서 찔렀다. 그리고 아무것도 묻지 않은 미주의 손을 자신의 옷에 벅벅 문지르며 미주의 몸을 훑었다. 그런 혜자의 숨소리는 거칠었고 피멍 든 눈동자는 정신없이 흔들렸다.

여전히 취한 미진은 거실 카펫을 끌며 보지 마, 보지 마, 를 반복했다. 종수는 가슴팍에 엄청난 피를 흘리며 믿을 수 없다는 표정으로 혜자를 바라보았다. 근처에서 나뒹구는 가위를 집으려고 종수가 손을 뻗었다. 순식간에 미진이 움직였다. 들고 있던 카펫을 끌어다 종수의 얼굴에 뒤집어씌웠다. 미진은 카펫 아래 깔린 종수의 몸 위로 자신의 몸을 얹었다. 미진은 더 이상 보지 말라는 말을 하지 않았다. 카펫 아래로 붉은 피가 스멀스멀 기어 나왔다. 얼마 동안 발버둥 치던 종수는 이내 움직임이 없었다.

혜자는 주저앉아 울기 시작했다. 저 울음의 의미는 뭘까. 자신에게 맹목적이었던 누군가의 종말이 아쉬운 걸까. 혹은 애도일까. 한때 죽음의 방식으로 이별을 원했던 여자가 울고 있다. 혜자가 옥상에 올라가 죽음과 조우하려 했을 때 반짝이고 있던 별들이 오늘도 어둠 속에서 빛나고 있을 것이다. 그렇지만 그날 혜자가 보지 못했던 것처럼 종수도 영영 볼 수 없게 된 별. 저기 카펫을 붙잡고 있는 미진의 손은 훗날 유모차를 끌게 될 것이고 이별이 필요한 또 다른 삶을 살아갈 것이다. 미주는 어쩌면 K와의 관계처럼 이별이 아프지 않을 만큼의 관계만으로 살아갈지도 모른다.

미주는 저기 남편을 죽이고 울고 있는 혜자를 안아주고 싶다. 피를 흘리며 죽어가는 종수의 뜨거운 심장을 어루만져주고 싶다. 미진이 여태 붙들고 있는 카펫 아래 숨어서 미진과 부둥켜안고 싶다. 그렇지만 미주는 아무것도 하지 않을 것이다. 스킨십은 이별에 방해가 되기 때문이다. 자신뿐만 아니라 우리 모두 스킨십에 인색했으므로 우리는 드디어 이별하게 되었다고 미주는 생각했다. 어쨌거나 가장 완벽한 이별이 시작되었다.

그믐밤 세 남자

밤 열 시, 만조다. 저녁을 대충 때우고 채비를 마친 낚시꾼들이 하나둘 집결하는 시간이다. 겨울이 비껴간 계절에 낚싯대를 던지면 숭어나 도다리가 제법 올라온다. 청개비가 없는 날에 루어낚시를 하면 귀여운 볼락 녀석들로 간간이 재미를 볼 만하다.

나는 원투낚시, 일명 처박기만 고집한다. 신체 모든 신경이 초릿대에서 내려오는 미세 반동에 집중되고 죽은 세포만 둥둥 떠다니는 빈 몸이 되는 것 같아 그 잠깐의 텅 빔과 집중의 조화에 마음이 편안해지기 때문이다. 다소 상스럽게 느껴지는 별칭과 달리 처박기는 그야말로 신사적이다. 기다림의 여유를 알고 인연의 기쁨을 알며 운명의 신성함마저 느끼게 한다. 저 어두운 심연의 바닥에서 누구를 만나게 될지는 아무도 모르는 일이다.

"하루도 안 쉬나?"

돌아보니, 태수 아버지다. 학창 시절 내내 동창이었던 태수의 아버지이자 내 아버지의 고향 친구이기도 한 그는 서울서 공무원 생활을 하다 정년 퇴임 후 고향으로 돌아왔다. 공무원시험에 합격할 당시 개천에서 용 났던 그는 수십 년 전 떠난 고향에 돌아와서 본인이 특,별,시 공무원으로 정년 퇴임한 것을 대단한 공으로 여기며 철학질을 하다가 마을 사람들에게 빈축을 샀다. 물고기 새끼들한테 미끼는 무슨 미끼! 어림도 없는 소리지! 생물을 달아 낚시하는 자들은 하급이라며 가짜 미끼만을 고집하는 그를 마을 사람들은 '공갈 영감'이라 부르며 은근히 따돌렸다. 그를 낚시 나올 때마다 마주치는 건 내게도 정말 곤혹이다.

"낚시 말고 뭐 할 게 있습니까."

힘없이 내뱉은 말에 태수 아버지가 한심한 듯 혀를 찬다.

"쯧쯧쯧. 젊은 놈이 큰물에서 놀아야지, 시골서 물고기 밥이나 쳐주고 앉았고. 쯧쯧쯧."

만나면 꼭 하는 소리지만 나는 스님 염불하는 소리쯤으로 여긴다. 이미 낚싯대를 던져놓은 이상 물은 물이요, 공수래 공수거 따위의 텅 빔이 내 안을 지배하기 시작한다. 태수 아버지는 내가 있는 선착장 반대쪽에 자리를 잡고 물고기 모양의 미끄덩한 가짜 미끼를 매달아 공갈 낚싯대를 던진다. 물이 차기 시작한 지 얼마 지나지 않아 물고기들이 조류를 따라 모여들 시간이 필요하다. 그 시간만큼이 인연을 만드는 귀한 시간이다. 물때를 알아야 낚시를 하듯이 사람도 들 때와 날 때를 알아야 하는 법이라고 아버지는 말씀하셨다.

저 멀리 선착장 입구에서 번뜩이는 눈동자들이 어슬렁거린다. 유명한 낚시터는 아니지만 심심찮게 전문 낚시꾼들이 찾아오는 마을 선착장에는 들고양이들의 먹이가 공空으로 쌓여 있다. 아직 이른 시각이라 들고양이들도 선착장 입구에서 때를 기다리는 듯 줄지어 서 있다. 주말이면 낚시꾼들이 제법 북적이는데, 잡은 자리에서 회를 떠먹고 남긴 싱싱한 생물의 잔재로 저들은 어렵지 않게 포식을 하곤 한다.

나는 평일이건 주말이건 달력의 숫자를 가리지 않는다. 날씨 역시 좋아도 그만 나빠도 그만으로 그저 습관처럼 만조에 맞춰 선착장에 나온다. 더도 말고 덜도 말고 딱 삼 년만 그렇게 할 생각이었다. 그렇게라도 해야 살 수 있을 것 같았다. 최악의 경우 아버지의 임종이라도 지킬 수 있길 바랐다. 내가 앞으로 나쁜 운 없이 삼십 년 정도 더 산다면, 그 중 딱 삼 년 정도는 그렇게 내주어도 억울할 것 같지 않았다. 그렇게 일 년이 지났다.

사람들은 그저 사고였을 뿐 누구의 잘못도 아니라는 뻔한 위로의 말을 건네곤 했다. 그러나 하필이면 그날이 내가 전화한 그날이었다는 사실은 누구의 잘못도 아니라는 위로를 받기엔 너무도 명백해 보이는 내 탓이었다. 나는 무리해서 얻은 아파트 대출금을 갚지 못해 아버지께 손을 내밀었다. 아니, 거의 협박이었다. 늘 그래왔듯 아버지가 무시하고 말 줄 알았다. 아버지가 그럴 줄은 정말 몰랐다.

아버지는 그날 오후 도장할 준비를 해서 여기 이 부둣가로 향했다. 제아무리 소형 선박이라 한들 젊은 남자들도 힘에 부치는 도장 작업을 왜 하필 그날 하려고 고집을 부리셨나, 원망하는 나를 향해 어머니는 말씀하셨다. 칠을 해야 제값을 받을 수 있다고 말하며 집을 나서는 아버지를 붙잡지 못했노라고. 당장 목돈이 어디 있느냐 발끈하시는 아버지께 쓸모도 없는 배 따위 처분해버리라고, 저승 가실 때 그 배 타고 갈 요량이냐며 비아냥댄 건 나였다.

베일 것같이 날이 선 그믐이다. 밀물 때를 맞춰 가벼운 안개가 끼고 가랑비도 청승맞게 내린다. 더불어 보드라운 열은 바람에 거문고 선율 같은 낮은 물결마저 일고 있으니 대어를 만날 기운이 분명하다. 이런 날은 일 년에 몇 안 되는 귀한 날이라 괜한 욕심이 생기기도 한다. 한데 평일이라 그런지 의외로 선착장이 한산하다. 휑한 선착장엔 태수 아버지 혼자 공갈 낚싯대로 바닷물을 휘젓고 있다.

채비를 펼친 나는 목장갑 낀 손으로 미끼 상자를 연다. 실타래처럼 엉켜 뉘 몸뚱이일까 맞혀보라는 듯 숨죽인 청개비들을 손가락으로 살짝 헤집어주면 금세 꿈틀대기 시작한다. 제법 큰놈을 집어 들고 몸뚱이를 반으로 뚝 잘라 바늘로 몸통을 뚫으면 반쪽 몸이라도 질긴 본능은 어쩌질 못하는지 온몸으로 비명을 지른다. 그러나 청개비의 끈질긴 발악이 낚시꾼에겐 '싱싱하고 괜찮은 놈'으로 보일 뿐, 이라고 말한다면 낚시꾼들이 하나같이 잔인하다고 비난받을지도 모르지만 청개비는 고통을 느끼지 않는다는 것 또한 낚시꾼들은 잘 알고 있다.

'싱싱하고 괜찮은 놈'을 매달아 적당한 포인트에 캐스팅한 후 바닥에 엉덩이를 걸쳤다. 그믐이라 칠흑같이 어두운 것은 당연지사지만 오늘따라 선착장 끄트머리 가로등마저 점등되지 않아 음산하기까지 하다. 완벽한 조건에 비해 입질이 시원찮아 연거푸 담배만 물고 앉았는데 아까부터 바다 한가운데 수상한 파도가 일고 있다. 조류의 흐름에 어울려

치고 빠지는 흔한 파도가 아니라 낚시꾼을 농락하는 거품 같은 것이다. 날치인가? 날치가 다닐 시기가 아닌데? 숭어? 그것도 아닌데? 혹시나 하는 마음에 담배를 입술 끝에 매단 채 릴을 감았다. 끌려 나온 낚싯줄에 청개비는 사라지고 덜렁덜렁 빈 바늘만 추와 함께 모습을 드러냈다. 다시 미끼를 달아 수상한 파도가 일고 있는 곳을 향해 힘껏 캐스팅했다.

잠시 후 초릿대가 부러질 듯 활처럼 휘더니 낚싯줄이 뚝 끊어진 것 같다. 맥 빠진 채 릴을 감아올리는데 끊어진 줄 알았던 낚싯줄이 다시 팽팽해진다. 팽팽해지는데 이상하게 팽팽해진다. 마치 수기 신호라도 보내는 듯 팽팽해지는 템포가 일정하다. 제길, 뭐야. 거친 말투에 내 쪽을 힐끗대던 태수 아버지가 다가왔다.

“어? 저, 저거 사람 같은데?”

다시 느슨해진 낚싯줄을 휘감아 올리니 제일 위쪽 하나 남은 짧은 고리에 생뚱맞게 네모난 비닐 같은 것이 매달려 있다. 그나저나 사람이 맞는 걸까? 주의 깊게 사람임을 염두에 두고 다시 들여다보니 사람인 것 같기도 하다. 아니, 분명 사람이다. 나는 허겁지겁 눈에 보이는 아무 선박이나 타고 올라 구명튜브를 베어 왔다. 물에 빠진 사람을 향해 구명튜브를 막 집어 던지려는 순간, 태수 아버지가 나를 막아섰다.

잠깐! 그러더니 그는 바다에서 허우적대는 사람을 향해 큰 소리로 외쳤다.

"여보시오, 살 거요?"

기가 막혔다. 나는 그를 팔꿈치로 밀쳐내며 뭐하는 짓이냐 소리쳤다. 그는 약간 휘청하는 듯했다. 나는 다시 구명튜브를 던지려고 했지만, 그가 또 나를 막아섰다.

"이봐, 저치가 죽을 작정이었다면 자네는 지금 실수하는 거라고!"

그가 튜브를 빼앗으려 했다.

"이거 놓으세요! 일단 사람을 살려야 하잖아요!"

"아니, 그 전에 내 말을 좀 들어보라니까."

"글쎄, 뭘 들어요!"

"저치가 살고 싶지 않을 수도 있잖아? 그렇게 되면 도리어 봇짐 내놓으라 어깃장 놓는 일이 생긴다고."

"비키세요! 지금 제정신인 거예요?"

"안 돼! 안 돼. 이런 일은 신중해야 해. 생사가 오가는 문제야."

태수 아버지와 내가 구명튜브를 들고 옥신각신하던 그때, 바다 어디선가 드문드문 찢어진 단어들이 선착장 가득 울려 퍼졌다.

"야, 이, 씨, 팔, 새끼, 들아."

구명튜브는 다행히 물에 빠진 이와 가까운 곳에 떨어졌고 건져 올린 사람은 오십 대로 추정되는 사내였다. 비린내가 밴 수건을 건네받은 사내의 왼쪽 소맷자락이 바람에 힘없이 펄럭였다. 대충 얼굴과 머리의 물기를 제거한 사내는 오른손으로 왼쪽 소맷자락을 돌돌 말아 쥐면서 바닷물을 쭉 짜내었다. 사내의 입술에 피가 흐르고 있었지만, 태수 아버지도 나도 괜찮냐, 어찌 된 영문이냐 묻지 않고 사내가 하는 행동을 유심히 지켜보았다.

"그, 그거, 그거 줘요."

피를 닦으며 숨을 고르던 사내가 말했다. 태수 아버지가 양쪽 손바닥을 딱 부딪치며 내 이럴 줄 알았어, 거봐, 이제 어쩔 거야, 라고 신명 난 듯 말했다. 나는 난감했다. 정말 봇짐이라도 내놓으라는 건가. 당황한 얼굴로 쳐다보는 내게 사내는 다시 침착하게 말했다.

"아까 낚싯줄에 걸어놓은 그거 달란 말입니다."

나는 낚싯줄에 달려왔던 네모난 비닐을 떼어냈다. 안에 종이가 들어 있었다. 사내의 몸은 흠뻑 젖었지만, 비닐을 입은 종이는 끄트머리만 조금 젖어 있었다. 하나밖에 없는 손으로 끝까지 지키려고 했던 종이의 정체에 궁금증이 일었다. 사내는 종이를 조심스럽게 바닥에 내려놓고 한 손으로 살살 펴더니 피가 멈추지 않는 입술로 바람을 불었다. 종이에 피가 뚝뚝 떨어지며 먹물처럼 물들었다. 태수 아버지와 나는 쭈그리고 앉아 그 종이에 시선을 꽂았다. 내가 말입니다, 반드시 죽으려고 그런 것은 아닙니다만 반드시 살아야 할 이유도 없었습니다, 라고 사내가 입을 뗐다. 드디어 사연을 털어놓을 작정인가 본데, 아무래도 시작이 지루하게 긴, 여자들이 인내심을 갖고 들어야 할 군대 얘기 같은 낌새였다.

“저기 근데 물 좀 마실 수 있을까요?”

본론에 들어가기 전에 사내가 물을 요구했다. 태수 아버지가 일어나 바다에 들여놓고 깜빡한 자신의 낚싯대 쪽으로 다가갔다. 생수병을 집어 들었을 때, 그의 공갈 낚싯대가 여러 번 휘청했다. 왔다! 그는 생수병을 집어던지고 낚싯대를 붙잡았다. 작고 멍청한 볼락이 올라왔다. 그가 볼락을 붙잡고 낚싯바늘을 제거하고 있는데 사내가 다가가 볼락 처음 본 사람처럼 감탄한다. 입술에 피를 질질 흘리면서.

아무래도 사내의 입술에서 피가 멈추지 않을 것 같다. 나는 집에 구급약이 있는지 다녀오겠다며 일어섰고, 태수 아버지는 이왕 갈 거면 소주 한 병 갖다 달라고 요구했다. 대답 없이 돌아서는 나에게 남자가 조심스럽게 말했다.

"저기, 염치없지만 혹시 라면이라도 있으면 부탁해도 될까요?"

집에 도착한 나는 구급약과 소주와 라면을 챙기면서 벌컥 화가 났다. 소주와 라면? 생각해보니 결국 그들이 요구한 것은 가스버너와 부탄가스, 냄비, 소주잔, 김치, 나무젓가락이 포함된 것이었다. 나는 소주 세 병과 신라면 두 개, 그리고 기타 부수적인 것들을 모두 챙겨서 다시 부둣가로 향했다.

끓는 라면 속에 갓 잡은 볼락을 집어넣었다. 새까만 볼락은 냄비 속에서 단 몇 초도 견디지 못하고 하얗게 속살이 익어가고 있다. 제법 덩치가 있는 놈이었다면 여러 번 발악하며 몸을 튕겼을 것이다. 이렇게 힘없고 순한 놈이어서 가짜 미끼를 덥석 물어 태수 아버지 같은 사람에게 잡혔겠지. 사람을 너무 잘 믿어서 말년에 남은 거라곤 낡은 소형 선박 한 척이 전부였던 아버지처럼. 그 남은 선박마저 막말이나 하는 호래자식 주려고 바다로 나간 아버지처럼. 순하다는 건 이렇게 쉽게 잡아먹힐 수 있다는 걸 의미하는 거다. 사람 좋다는 칭찬은 내가 궁하면 언제든 너를 구슬릴 수 있을 만큼 만만하다는 말이다. 순하다는 말은, 사람 좋다는 말은, 그냥 만만하다는 뜻일 뿐이다.

입술에 밴드를 붙인 사내가 제일 먼저 젓가락질을 했다. 제법 허기가 졌던 모양이다. 태수 아버지는 소주 한 잔을 털어넣으며 사내를 관찰했다. 나는 죽을 작정으로 바다에 몸을 던져놓고 살고자 허우적대던 사람의 사연이 궁금했다. 사내는 소주 한 잔을 비웠다. 솔직하게 말하면, 하고 운을 뗀 사내는 죽으려고 뛰어든 게 아니라 이걸 보다가, 이게 날아가는 바람에, 이걸 붙들다가, 실수로 그렇게 되었다고 말했다.

사내가 반복한 '이것'은 아까 그 비닐 속에 있던 종이였다. 낚싯줄을 입으로 끌어당기면서 하나밖에 없는 손으로 꼭 붙잡고 있었던 그 종이. 사내가 꺼내놓은 종이를 살펴보니 한쪽 면은 코팅된 달력 일부였고 다른 한쪽엔 편지 같기도 하고 한 편의 시 같기도 한, 제대로 읽어보지 않으면 정체를 알 수 없는 글자들이 빼곡했다. 사내는 바닷물과 핏물로 얼룩진 종이에 자꾸 입김을 불었다.

"내가 이번에 이 시로 등단을 했지요. 나이 예순이 다 되어 꿈을 이루고 말았지 뭡니까."

사내는 그렇게 말하면서 약간의 자부심을 내비쳤다. 그러나 그런 표정은 찰나에 사라졌다. 하염없이 종이를 바라보던 사내는 진심으로 감격한 표정을 지었지만 나는 대단히 실망하고 말았다. 고작 그 종이 때문에, 등단작이라면 어디서든 볼 수 있을 시가 써진 종이 한 장 때문에 바다에 뛰어들었다니. 죽음을 망각하고 위험한 행동을 할 정도라면 적어도 이해되거나 동정할 만한 이유가 있어야 하지 않겠냐고 말하고 싶었다. 그러나 다행인 것은 사내가 자살할 목적이 아니었으므로 그를 살려낸 건 보람찬 일이 되었다는 사실이었다. 사내의 사연이 얼마나 보잘것없던지 간에 내가 한 일은 그에 비교할 바 못 되게 큰일이라는 것에 나는 만족해야 했다. 나는 사내의 사연을 더 듣고 싶지 않았으나 태수 아버지는 사내를 측은하게 바라보며 그 종이가 어떤 의미인지 물었다. 모친이 쓰신 거라고 사내가 말했다.

"당신 이름 석 자도 못 쓰시는 양반이 아들 시인 됐다고 몇 날 며칠 제 시를 옮겨 쓰셨어요. 글도 모르는데 썼겠습니까? 그렸겠죠. 병신 아들이라고 손가락질했던 사람들한테 우리 아들 시인 됐다고 동네방네 자랑을 하면서 그렇게 좋아하셨는데. 노인네 평생 남기신 육필이 이게 유일합니다. 그런데 이제 어머니가 없습니다. 방구석에만 틀어박혀 시집 나부랭이나 읽어대던 아들을 팔순 넘어까지 먹여 살리셨는데…… 등단하니 그해에 딱 가시더군요. 습襲을 하려고 고쟁이 주머니를 풀어보니 이 종이 한 장이 달랑 들어 있습디다."

사내는 몹시 흐느꼈다. 조용히 사내의 이야기에 귀를 기울이던 태수 아버지는 안타까운 표정으로 사내의 잔에 소주를 채워주며 물었다.

"유감이구먼. 그런데 여긴 무슨 일로?"

사내는 우리 동네에서 선착장을 돌아 삼십여 분을 걸어 나가면 나오는 성지마을에 산다고 했다. 모친 생전에 여기 갯벌에서 조개 캐고 청각 주워 말려가며 두 식구가 연명했는데 오늘이 모친 기일이라 이곳까지 오게 됐다고 말했다. 사내는 말하는 내내 무척 슬픈 표정을 지었다. 슬픈 표정에서 슬픈 말이 재생될까, 슬픈 말을 함으로써 슬픈 표정이 연출될까. 사내는 자신이 진심으로 슬프다는 것을 표현하려는 것 같았다.

이제 겨우 꿈을 이뤘는데 어머니를 잃었다고, 살아갈 이유 하나가 생기니 살아갈 이유 하나가 사라졌다고 사내는 말했다. 이 종이를 붙잡지 못하고 바다에 빠져버렸다면 아마 미련 없이 어머니 손을 잡고 갔을 거라고도 했다. 산 사람이 망자의 손을 잡는 일이 의지대로 되는 일인가? 나는 사내의 정서가 시를 쓰기 딱 알맞게 감상적임을 느꼈다. 살아갈 이유라는 것과 반대로 죽어야 할 이유라는 것은 없다. 살았으니까 사는 거고, 죽었으니까 살 수 없을 뿐이다. 내 아버지처럼 죽지도 살지도 못한 경계에서 당자가 아무런 결정을 내리지 못한 채 생사가 판결 나기를 기다리듯, 삶과 죽음에 관해서는 어떤 관여도 할 수 없는 나약한 존재가 인간일 뿐이다.

“그런데 나는 죽어도 상관없지만 이건 없어지면 안 되지 않겠습니까? 이 세상에 어머니 필체 하나는 존재해야 마땅하지 않겠습니까?”

사내가 부르튼 입술을 바르르 떨며 미간을 찌푸린 채 말했지만, 나는 그의 말과 행동에 동정이 가지 않았다. 장애가 있는 아들이 평생 의지하고 살았을 노모를 보내고 나니 막막했겠지. 삶이 덜컥 겁에 질린 채 다가왔겠지. 그렇다고 본인의 목숨을 고작 종이 한 장에 양보하다니. 심지어 죽을 뻔했던 자가 살린 자 앞에서 늘어놓는 삶의 의지치고는 너무나 무례하게 느껴졌다. 한마디로 그저 한심하기 짝이 없었다. 그러나 태수 아버지는 사내의 말을 상당히 경청하는 듯했고 이내 두 사람은 인생에 대해, 삶과 죽음에 대해 진지한 대화를 주고받았다.

나는 두 사람을 두고 낚싯대가 있던 곳으로 등을 돌렸다.

끄트머리만 남은 달은 작지만 여전히 날이 섰고 바람은

스산했다. 이따금 파도가 첨벙첨벙 선착장을 치고 올라왔다. 그믐에는 조수간만의 차가 유난히 크다. 그래서 갈치 같은 놈이야 쉽게 잡히는 때가 그믐날 만조, 바로 오늘이다. 본가에 내려온 후 그저 시간이나 보낼까 싶어 시작한 낚시였는데, 살아 있는 손맛을 보고 나서는 멈출 수가 없어졌다. 죄책감의 파편 중에는 먼지만 한 희망도 존재하지 않을까. 비록 비현실적이라도 말이다. 잡고 살려주고 잡고 살려주면 뭔가 달라지지 않을까 하는 허망함 같은 어떤.

낚싯대를 다시 손보며 반을 떼어낸 청개비를 낚싯바늘에 꿰고 있을 때였다. 취기 서린 태수 아버지의 목소리가 안개처럼 다가왔다. 어쩐지 불길한 예감이 감쳐오는 것을 낚싯대가 먼저 느꼈는지 초릿대가 바람에 나달거렸다. 그의 목소리가 들리기 시작한 것은 자신이 손가락 하나로 친구를 죽일 뻔한 놈이라고 말한 대목에서였다. 선박을 담보로 돈을 융통하고자 하는 불알친구의 전화를 이 손가락 하나로 종료해버렸더니 그날 오후 그놈이 도장하다 바다에 빠졌는데 지금까지 눈을 못 뜨고 있다고. 자신의 손가락이, 대학시험도 합격하고 공무원시험도 합격했던 손가락이 한번 잘못 삐끗하니까 친구놈 생사가 삐끗하더라고. 태수 아버지는 그 얘기를 제법 큰 소리로 말하고 있었다.

날카로운 그믐달에 베인 것처럼 온몸에 소름이 잔뜩 돋았다. 아픔을 못 느낀다던 청개비를 손가락으로 힘껏 비틀었다. 체증에 손가락 딴 듯 내장이 톡 하고 튀어나왔다. 멀리 아버지의 배가 보인다. 어디를 가고 싶어 저리도 심하게 발버둥치는가. 아니면 무슨 말을 듣고 흐느끼는 것일까. 내가 무슨 말을 들은 건가. 방금 들은 말들이 물에 빠져 죽은 귀신의 곡조인가 싶을 만큼 믿어지지 않았다.

언젠가 어머니가 하신 말씀이 떠올랐다. 아버지 병원비에 보태라고 태수 아버지가 자신의 퇴직금을 몽땅 가지고 왔는데 그이 아내 편에 돌려보내면 다시 가져오고 돌려보내면 다시 가져오곤 하더라고. 오래전에 태수 아버지가 대학 등록금이 없어서 아버지가 해결해준 적이 있었는데 사십 년 넘게 묵은 그 빚을 갚는다는 게 태수 아버지의 명분이었다고 했다. 서울 가서 나랏밥 먹고 살았다더니 사람이 달라졌다며 어찌 됐든 그이 덕분에 자식들한테 손 벌리지 않고 있다고 어머니는 진심으로 고마워하셨다. 경제적으로 아무런 도움이 되지 못하는 나로서는 딱히 뭐라 할 말이 없었다. 근동에서 인색하기로 유명한 태수 아버지가 왜 그렇게 큰 결심을 했는지 궁금하지 않았다. 그런데 갑자기 뭔가 억울해졌다. 그믐달을 뽑아다가 태수 아버지, 아니 공갈 영감의 가슴에 꽂아버리고 싶었다.

나는 태수 아버지를 향해 득달같이 달려들어 멱살을 움켜쥐었다. 어떤 말도 하지 않았다. 그저 멱살을 잡고 흐리멍덩한 그의 눈동자를 주시할 뿐이었다. 그 모습에 당황한 사내가 하나밖에 없는 손으로 내 몸을 밀어내고 한쪽 다리를 들어 태수 아버지를 막아냈지만 역부족이었다. 멱살을 결박당한 태수 아버지의 몸뚱이는 파도에 들썩이는 아버지의 낡은 배처럼 흔들렸다. 그는 흔들리면 흔들리는 대로, 가끔 다리가 들리면 버둥거리기도 하면서 어떤 반항도 하지 않고 가만히 몸을 맡겼다. 저 시커먼 바다로 집어 던져서 아버지의 영혼을 찾아오라고 하고 싶었으나 목구멍으로 아무 말도 나오지 않았다. 그저 성난 황소처럼 콧바람만 흥흥거릴 뿐이었다. 그러다 줄곧 내 시선을 회피하던 태수 아버지가 갑자기 내 눈을 정면으로 쳐다보았는데, 그와 눈이 마주치자 멱살을 붙들고 있던 손아귀에 힘이 풀렸다. 그가 바닥으로 나가떨어졌고 나도 바닥에 털썩 주저앉았다.

아버지가 이 자리에 계셨다면 무조건 그를 용서했을 것이다. 아버지는 늘 그랬다. 반에서 일등만 하던 태수의 등록금을 보태주면서 나 들으라는 듯이 대학은 공부 잘하는 놈이 가는 게 맞다고 말했다. 나는 고등학교를 졸업하자마자 도망치듯 자원입대했다. 그러지 않았다면 아버지 따라 배를 타야 할 운명이었다. 아버지는 공부 잘하는 태수 아버지를 동경해왔고 공부 잘하는 태수를 예뻐했다. 태수의 유학 비용도 일부 마련해준 것은 한참 뒤에야 알았다. 나는 태수도 태수 아버지도 내 아버지도 모두 미웠다. 모두에게서 떠나버리고 싶었다. 그런데 결국 떠난 건 아버지였다. 아버지는 분명 태수 아버지를 원망하지 않을 사람이지만, 그렇지만, 물어보고 싶다. 아버지, 태수 아버지 때문이었어요? 내가 아니었어요?

내가 어떤 말도 하지 못한 것처럼 태수 아버지도 내게 아무 말 하지 않았다. 우리는 한동안 언 수탉처럼 바닥에 주저앉아 꼼짝하지 않았다. 내가 들을 것을 뻔히 알면서, 은밀해야 마땅할 이야기를 어째서 대놓고 털어놓은 것인지 이해할 수 없었다. 더구나 버려진 폐가에 박힌 못처럼 일 년이나 묵혀둔 이야기가 아니던가. 사실 그것보다 더 이해되지 않는 건 나 자신이었다. 당사자 입에서 나온 그 얘기를 직접 듣고도 태수 아버지에게 왜 아무 말도 하지 못했는지 모르겠다. 내 마음을 내가 설명할 수 없는 것만큼 환장할 노릇이 또 있을까. 밤, 그믐, 안개, 그것들이 기생충처럼 내 머릿속에 스멀스멀 기어들고 있었다. 한참 뒤 이명처럼 들리는 문장.

“다 내 탓이니 이제 자책하지 말고 있던 자리로 돌아가게.”

그 말이 나오는 순간 나는 그만 아이처럼 울고 말았다. 그 말이 사실이길 바랐다. 전부 다 그의 탓이길, 그래서 지금 당장 그에게 달려들어 막말을 퍼붓길.

“이 말을 하는 데 일 년이나 걸렸구먼.”

그는 내가 낚시할 때마다 졸졸 따라붙어 말해야지 말을 해줘야지 했는데 기회를 못 잡았다고 고백했다. 자신이 말을 해줘야 젊은 놈이 예서 벗어나지 싶어도 자신의 입이 철학질은 잘하더니 회개는 또 잘 못하더라고 자기 비하까지 했다. 평생 대쪽같이 산 사람이 오죽했으면 자기한테 전화했을까, 그 생각도 못 하고 전화를 매몰차게 끊어버렸다며 당시 아버지의 심정을 이해하듯 말했다. 그리고 마지막 말.

“내가 바다로 내몰았어, 내 탓이네.”

태수 아버지는 알고 있었다. 내가 당신에게 막말하지도 따져 묻지도 못한 이유를 말이다. 그걸 알고도 자신의 과오를 내게 털어놓은 그가 전혀 고맙지 않았다. 그래서 이제 당신을 원망하며 살면 된다는 말인가. 서울로 돌아가 아무 일 없었던 것처럼 살 수 있다고 믿는 걸까. 나는 그를 향해 인제 와서 왜 이러냐고 소리를 질렀다. 내가 소리를 지를수록 태수 아버지는 침착했다.

사실을 알면 자존심 강한 우리 어머니가 자신의 돈을 안 받았을 테고, 자신은 아무것도 하지 못한 죄책감을 예방하고 싶었다고 말했다. 그렇게라도 하지 않으면 견딜 수가 없을 것 같았다고. 죄책감을 예방하고 싶었다고 말할 때 선착장 끄트머리에서 포말이 크게 터져나갔다. 포말이 터지면서 내 심장이 쿵쾅거렸다. 사람이 이렇게 진실할 필요가 있을까 싶을 정도로 그는 정직하게 말하고 있었다. 그의 말이 너무 이해되어서 나는 아무 말도 할 수 없었다. 어쩌면 내가 본가에 내려온 이유도 더 큰 무언가를 예방하기 위한 것일지도 모른다는 생각이 들었기에 나는 침묵할 수밖에 없었다.

그렇다고 한들, 비난을 각오하고 정직하다고 해서 변하는 건 없다. 이제 와 그 사실을 내가 알아서 무엇이 달라질 수 있을까. 달라지는 건 아무것도 없다. 내가 던진 돌은 내가 던진 돌이고 아버지가 어느 돌에 맞아 저리되셨는지는 아무도 모르는 일이다. 증명할 수 없는 한 누구도 자유로울 수 없는 진실에 대한 가설들. 태수 아버지의 고백이 화가 나는 건지, 나 자신에게 화가 나는 건지 모르겠지만 나는 시커먼 바다를 향해 화를 내고 욕을 했다. 아무에게나, 어쩌면 어둠에 숨어서 색을 감추고 있는 비열한 밤바다에, 혹은 곧 사라질 주제에 지지 않고 버티는 그믐에 화풀이했다.

태수 아버지는 그 일에 대해 다시 언급하지 않았고 내게 말을 건네지도 않았다. 나 역시 그의 정직한 고백에 차마 말을 잇지 못했다. 우리는 그냥 멍하니 부둣가 끝에 서로를 비켜 앉아 망망한 바다만 주시하고 있었다. 태수 아버지는 무엇을 아는 걸까. 내가 이렇게 부정해봤자 그 사실을 듣기 전과 달라질 어떤 것에 대해, 내가 모르는 나의 변화에 대해 그는 어째서 알고 있는 기분이 들까. 그런 생각이 들수록 어떤 말을 할 수도, 자리에서 일어설 수도 없었다. 밤은 깊어 달은 더욱 날카로워졌고 나는 혼란스러웠다.

적막을 깨는, 그 상황에서 누구보다 어색했을 사내의 목소리가 들렸다.

"형님이 말씀하신 그분이 이 친구 부친인가 보군요."

사내는 눈치 없이 불쑥 끼어들어 질문했고 그에 또 태수 아버지는 고개를 끄덕이며 간접적인 대답을 해주었다. 태수 아버지의 호응에 힘입은 사내가 말했다.

"내 깊은 내막은 잘 모르겠지만 살아 계신다면 희망이 있는 것 아닐까요? 저는 제 모친이 이 시를 베껴 쓰셨던 시간만큼 다시 숨만 쉬게 할 수 있다면 시 따위 안 쓸 겁니다. 살 수 있다는 건 꿈과 비교할 수 없으니까요. 어머니의 천금 같은 시간을 이따위 졸작을 베끼는 데 쓰게 하진 않았을 겁니다. 그렇다고 해서 제 꿈이 죄가 되나요? 아니요. 아닙니다. 꿈이 죄가 아니라 그저 죽은 사람 앞에서는 살아 있는 모두가 죄인입니다. 그런데 아직 살아 계신다면서요? 그러면 아직 희망이 있습니다."

말을 끝낸 사내가 자신의 발언에 만족한 표정으로 먼 하늘을 응시했다.

"그믐달이 초승달보다 날카롭다는 걸 아시나요?"

이건 또 무슨 시인다운 소리인가. 사내의 말에 약속이라도 한 듯 모두 하늘을 올려다보았다. 점점 사라지는 그믐달이 안간힘으로 마지막 빛을 발하는 것 같았다.

"곧 소멸할 것들은 저리 발광을 하든가 완전히 침묵하죠. 어느 쪽이든 간에 존재의 마지막은 뭔가 달라요."

발광이라.

아버지가 희미하게 의식이 있었을 때 유일하게 뱉은 말이 내 이름이라고 했다. 한 번도 아니고 계속해서 애타게 내 이름만 반복했다고 했다. 자신은 점점 사라지면서 왜 내 이름을 불렀을까. 그제껏 살아왔듯이 나 같은 거 무시하고 그냥 침묵했다면 얼마나 좋았을까. 평생 이놈 저놈 하던 양반이 왜 하필 그날 내 이름을 불러서 날 여기 붙박아놓았나. 어느 쪽이든 간에 마지막이라면, 발광이든 침묵이든 그게 마지막 어떤 거라면 차라리 침묵하지, 왜!

내가 유난스럽게 머리를 흔들자 사내가 무슨 말인가 더 하려다 그만두는 눈치다. 사내는 계면쩍었는지 애먼 종이를 자꾸 접고 있었다. 그러다 종이가 찢어지자 엇, 하고 외마디 한탄을 쏟았다. 사내는 무언가 한참 망설이는 사람처럼 보였다. 얼핏 눈물을 흘리는 것도 같았다. 이윽고 결심한 듯 오른손으로 종이를 조그맣게 구긴 사내는 그것을 어둠 속 바다를 향해 던져버렸다. 애써 살려놨더니 살려고 발버둥치며 붙들었던 종이를 직접 버린 것이다. 잠깐이었지만 허무함이 밀려왔다. 나도, 태수 아버지도, 사내도 세상에 하나밖에 없는 종이를 삼킨 어둠의 아가리에 시선을 꽂았다. 세상에 유일한 무엇이 사라지는 현장을, 부재를 향해 날아가는 대상을 추모하듯 바라보았다. 저 종이는 어디로 갈까. 물에 먼저 젖을까, 바람에 먼저 날아갈까, 파도가 먼저 삼켜버릴까. 종이의 운명이 어느 쪽이었는지 아무도 보지 못했다. 어쩌면 불확실한 것들이 가진 가능성이 인간을 살게 하는지 모른다. 많은 것들이 보이지 않아 매력적인, 그믐이었다.

하염없이 검은 바다만 바라보던 사내가 문득 떠올랐다는

듯 말을 꺼냈다.

"그나저나 사람이 물에 빠졌으면 일단 건져야지 않습니까? 물에 빠진 사람한테 살 거냐고 묻는 건 무슨 심보랍니까?"

태수 아버지를 향한 질문이었다. 날이 선 듯 쨍쨍한 그의 언성에 나의 호기심도 보태어졌다. 사실 나 또한 내내 궁금하던 차였지만 물어볼 마음도 없었고 그럴 만한 상황도 아니었다. 도대체 무슨 생각에 그런 행동을 한단 말인가.

태수 아버지는 몇 번 헛기침을 했다. 자신이 이날 입때껏이 바다에서 물에 빠진 놈 건진 게 거짓말 보태서 열 번은 되는 것 같은데 그중 반 이상은 자신을 원망했고 한 놈은 다짜고짜 자신의 뺨을 갈겼다고 말했다. 힘들게 뛰어들었는데 왜 건졌냐며 멱살을 잡기도 했다고. 고맙다는 인사는커녕 이제 어쩔 것이냐, 살려냈으니 내 인생 책임지라고 협박하는 놈도 한둘이 아니었다고 말했다. 사내는 이제 뭔가 이해된다는 듯 아, 하고 감탄사를 내뱉었고, 나는 어쨌든 합리적인 이유는 아니라고 생각했다.

그런 일들을 수차례 겪고 보니 태어나는 것도 사람 의지대로 안 되는 세상, 저 스스로 가는 건 막지 말자, 뭐 그런 개똥철학 같은 게 생기더란다. 그런데 또 웃긴 건 말이야, 하며 어떤 반전이라도 말하려는 듯 그가 털털거리며 웃었다.

"그렇게 날 원망하고 협박까지 했던 놈들도 막상 살려두니까 또 어떻게든 살아가. 사람이든 짐승이든 죽음은 슬픔과 한몸인데 그렇다면 삶이 기쁨과 한몸이냐. 그건 또 아니란 말이지. 인생은 그냥 복불복인 거야. 이왕지사 그렇다면, 명백한 슬픔을 선택하느니 차라리 어떤 쪽일지 모르는 삶을 선택하는 게 조금은 더 희망적이지 않을까 싶은데, 또 이렇게 말하면 늙은이 철학하네 할까 봐. 흠흠."

태수 아버지는 몇 번이나 흠흠거렸다. 그는 말을 하면서도 눈으로는 계속 날 의식했고, 사내는 태수 아버지의 말에 깊은 감명을 받은 눈빛으로 그믐달을 그윽하게 바라보았다. 짐작하건대 우리 아버지가 그리되기 전까지 태수 아버지의 이와 같은 철학질은 상당히 권위적이었을 것이다. 동네 꼬마들까지 공갈 영감이라 부른다면 말 다했을 테니. 무엇이 그의 기세를 한풀 꺾었는지 모르겠지만 사뭇 위축된 듯 느껴지는 그의 말에서 언젠가 찾아올 보름달이 보였다.

"저기, 염치없지만 이왕 도와주신 김에 하룻밤만 묵어갈 수 있을까요? 꼴도 이 모양인데 시간도 늦었고, 뭐 이것도 인연이고요."

사내는 염치없다는 말로 선수를 치면서 정말 염치없게 굴었다. 내 시선을 회피하는 태수 아버지의 눈빛에는 네가 살렸으니 네가 책임져야 한다는 의미가 담겨 있었다. 나는 사내에게 그러라고 짧게 대답한 후 낚시 장비를 챙기고 술자리를 정리했다.

구름에 가려진 그믐달이 부둣가를 빠져나오는 우리를 어디선가 따라오고 있을 것이다. 보이지 않는다고 사라지는 것은 아니니까. 아버지가 의식이 없다고 해서 내가 한 행동들이 사라지지는 않을 테니까. 태수 아버지가 그랬다고 해서 내가 그랬던 게 사라지지는 않을 테니까. 그런데 자꾸만 의식하지 않을 수가 없다. 누군가의 부재와 함께 시간이 흐르면 그 안에 내가 존재했었다는 기억조차 잊을 수 있을까. 비난이 부재한다면 죄책감이 있었다는 사실도 잊을 수 있을 것 같은 생각이 들었다.

"이 친구 사람 참 괜찮네."

어느 틈에 내 쪽으로 다가선 사내가 사분사분 말하더니 가스버너를 대신 든다.

"우리, 자네 집에 가서 한잔 더 하면 어때?"

역시 그렇다. 사람 좋다는 건, 그냥 만만하다는 뜻이다.

낚시 장비가 가볍다. 이토록 가벼운 두레박도 무거웠던

한때가 있었을 것이다. 곧 소멸할 듯 가까스로 매달려 있는 그믐달 역시 감당하기 힘든 무게로 버티던 보름달이었다. 가벼운 것들의 존재가 무거움의 부재에서 비롯된 것이라면 지금 내가 느끼는 가벼움의 정체는 뭘까. 사내의 왼쪽 소맷자락이 바람에 펄럭이며 가벼움을 말한다. 사내의 왼쪽 소매는 한 번이라도 무거웠던 적이 있을까. 무게란 그저 상대적인 것일까. 가벼울 것이라 인식되는 것들의 형체는 하나같이 날카롭다. 그믐달도, 아버지 얼굴도, 내 양심도. 곧 소멸할 것만 같은 달을 바라본다. 그믐이다.

피자를 시키지
않았더라면

남자가 문득 헤어지자는 말을 꺼낸 건 여자가 피자를 주문한 직후였다. 여자는 배달음식점 전단을 식탁 위로 던진 후 냉장고 문을 열어 반쯤 남은 소주병을 꺼냈다. 가운뎃손가락으로 휴대폰 패턴을 열고 어디론가 전화를 걸면서 여자는 노래를 흥얼거렸다. 슈퍼슈프림 라지 사이즈를 주문하는 여자를 지켜보던 남자는 오늘 여자와 헤어져야겠다고 생각했다. 불쑥. 그러나 오랫동안 이날을 기다려왔다.

피자가 배달되었다. 여자는 거실 테이블에 피자 상자를 펼쳐놓고 부엌에서 소주와 잔을 옮겨왔다. 테이블 앞에 앉아 피자 한 조각을 덜어내던 여자가 다시 일어나 부엌에서 접시 하나를 더 옮겨왔다. 남자의 시선은 그런 여자의 움직임을 진지하게 뒤따랐다. 소주병을 위아래로 뒤집어 흔들던 여자는 잔에 소주를 따랐다. 와인잔이었다. 여자는 어떤 술이든 와인잔에 마시는 고집이 있었다. 소주잔이 가진 지나친 획일성도 싫고 자유로움을 가장한 맥주잔도 싫다고 말했던가.

여자가 리모컨을 들고 텔레비전 채널을 빠르게 돌렸다. 단편적인 소음을 내뱉으며 재빠르게 지나가던 화면은 집밥 프로그램에서 멈췄다. 여자는 와인잔을 들어 소주를 얼마간 들이켠 뒤 슈퍼슈프림 한 조각을 베어 물었다. 자유롭고 편안해 보이는 여자는 줄곧 남자를 의식하지 않았지만, 부엌과 화장실 사이 어디쯤 딱히 어떤 공간이라고 말하기 곤란한 곳에 선 남자는 일 초의 틈도 없이 여자를 주시했다. 여자는 남자가 서 있는 공간만큼 남자를 무시하고 있었다. 어떤 방향에서도 여자를 가장 자세히 관찰할 수 있는 위치였으나 아무래도 집주인이 오래도록 서 있을 장소는 아니었다. 남자는 잉여의 공간에 서서 피자를 씹는 여자를 향해 정중하게 말했다.

“우리 그만 헤어지자.”

텔레비전 화면을 바라보던 여자의 눈이 경직되는 것 같았다. 피자를 씹던 턱관절의 움직임 역시 조금씩 느려졌지만, 느려진 대로 여자는 하던 것을 계속했다.

"헤어지자."

남자가 다시 말했다. 여전히 그 공간에 서서. 같은 태도와 음성으로. 여자는 와인잔에 담긴 소주를 단번에 모두 들이켰다. 휴지로 손가락과 입가를 닦아내고 입안에 남은 음식물을 혀끝으로 걷어내던 여자는 몹시 신중해 보였다.

"헤어지자……고?"

여자가 중얼거렸다. 여자의 손아귀에서 휴지가 구겨지고 나서야 여자는 결심한 듯 말했다.

"서른 대만 맞아. 그럼 헤어져줄게."

남자는 여자가 그렇게 나올 것을 예상이라도 한 듯 전혀 당황하지 않았다. 심지어 자신이 생각했던 것보다 이별의 조건이 간단하고 참신하다고 생각했다. 남자가 프러포즈했을 때, 여자가 한 말이 있었다. 나는 결혼하면 무슨 일이 있어도 이혼은 안 해. 나와 결혼했다가 헤어지려거든 죽을 각오를 해야 할 거야. 그래도 결혼하겠어? 물론 남자는 절대 그런 일 따위는 생기지 않을 거라 믿었다. 응. 걱정하지 마. 심지어 걱정하지 말라는 말까지 대답에 덧붙였던 남자였다.

여자가 가난하고 뻔뻔한 가족들을 버리지 못했던 이유는 버림받는 것의 두려움을 알기 때문이었다. 여자가 어린아이였고 여자의 남동생이 갓난아기였을 때, 여자의 친아버지는 세 사람을 몽땅 버렸다. 버리고 돈 많은 상간녀에게 가버렸다. 자신이 떠나는 모습을 울면서 쳐다보던 자식들을 향해 뒤도 한번 돌아보지 않았고 간 후에도 연락 한번 없었다. 여자의 엄마는 혼자서 악착같이 살 수 있는 사람이 아니었기에 금방 새 남자를 만들었고 새 남자들은 자주 바뀌었다. 그런 기억들이 여자의 삶에 큰 트라우마로 남아 있었다. 내 사전에 이혼은 없어. 만약 혹시라도 그런 상황이 발생한다면 내가 원하는 방식이어야 할 거야. 아주 잔인할 수 있어. 그래도 하겠어? 결혼을? 여자는 비슷한 얘기를 여러 번 했다. 남자는 그 얘기를 들을 때마다 여자가 너무나 가여운 나머지 더 빨리 결혼이란 걸 하고 싶었다.

티포트에 물을 채우고 버튼을 누른 남자는 물이 끓을 동안 생각의 시간을 벌었다. 이별과 뺨 서른 대에 관한 어떤 것을. 여자가 다시 와인잔을 채우는 동안 남자는 대답을 서두르고 싶었다. 깊이 고민한다고 더 좋아질 상황은 아니었다.

"좋아. 서른 대."

남자의 대답이 끝나자마자 여자가 쨍, 하고 와인잔을 소주병에 부딪치며 작게 웃었다. 남자는 그런 여자를 보며 당황하지 않고 어느 때보다 이성적으로 조건에 대한 합의 과정을 이어갔다.

"단, 서른 대를 정확히 채워. 한 대라도 넘치면 나는 널 폭행으로 고소할 거야. 어쨌거나 우린 헤어지게 되는 거야."

자신의 발언이 썩 마음에 든 남자가 티포트에 담긴 뜨거운 물을 커피잔에 옮기고 있었다. 어떤 상황에 대비하기엔 넉넉지 못한 시간이었다. 남자는 나른한 커피 향처럼 여유 있는 표정을 짓고 있었다. 한마디로 남자는 방심했다. 어느새 다가왔는지 여자는 남자의 상체를 붙잡아 회전시키며 마치 테니스 라켓을 휘두르듯 남자의 얼굴을 가격했다. 남자의 몸이 휘청거렸고 들고 있던 티포트에서 뜨거운 물이 바닥으로 떨어졌다. 남자의 얼굴이 발갛게 굳어갔다. 여자는 한 대만 때리고 유유히 앉았던 자리로 돌아갔다. 되돌아가는 여자의 뒷모습을 바라보던 남자는 자신이 얼마나 휘청거렸는지 생각했다. 맞겠다고 당당히 말해놓고 맞으면서 쪽팔린 순간에 화가 났지만 이미 시작된 이상 한 대가 지나갔다는 사실에 만족해보려고 애썼다. 앞머리가 헝클어진 남자는 머리를 가다듬지 않고 태연한 척 커피잔을 들었다.

천연덕스럽게 커피를 마시는 남자의 손이 약간 흔들렸다. 떨리는 손으로 뜨거운 커피를 한 모금씩 삼키며 남자는 여자를 바라보았다. 한 대를 맞고 보니 여자와 반드시 헤어져야겠다는 강한 신념이 생겼다. 그랬다. 맞고 보니 생겼다. 맞아야 생기는 신념도 있나 보지. 겪어야 생기는 확신이 있는 것처럼. 그렇게 드는 어떤 생각들은 대부분 강렬하고 분명하다. 남자는 오늘 꼭 헤어지고 말겠다는 결심을 다졌다.

"헤어지겠다고? 진심이야?"

피자를 씹으며 왼손으로 오른쪽 손목을 매만지던 여자가 말했다. 남자는 그런 여자를 쳐다보며 천천히 커피를 마셨다. 다음에는 어떤 상태에서 맞게 될지에 대해, 혹은 어금니를 언제쯤 앙다물고 있어야 할지에 대해 고민하지 않았다. 다만, 이런 상황에서 조금은 느긋한 모습을 보이는 것이 낫지 않을까 하는 생각. 구차하게 대꾸하느니 차라리 대답을 회피하는 것이 더 괜찮지 않을까 하는 생각은 했다. 마지막 장면은 누구에게나 각인되는 법이니까. 그러니까 오늘은 부부로 함께한 우리의 마지막 컷이 될 테니까.

방금 자신이 제법 성숙한 생각을 했다고 느낀 남자는 내심 만족감을 드러낸 미소를 지었다. 남자는 마지막 커피 한 모금을 입안에 털어넣은 후 커피잔을 싱크대 개수대에 얌전히 내려놓았다. 그냥 돌아서려다 잔을 씻어두어야 할지 고민했다. 개수대에는 씻지 않은 그릇 몇 개가 포개져 있었다. 아무래도 깔끔한 편이 좋겠지. 고민 끝에 남자는 수세미를 집어 들었다. 수세미에 세제를 몇 방울 떨어뜨리고 조물조물 거품을 만들던 남자의 오른손이 또 엇나갔다. 여자가 남자의 팔을 붙잡아 당겼기 때문이다. 두 번째였다. 처음보다 강도가 더욱 세진.

"대답을 안 해?"

남자는 예고도 없이 날아드는 따귀에 화가 나기 시작했다.

"대답을 안 해?"

여자는 앵무새처럼 똑같이 말했다. 남자는 수세미를 개수대에 패대기치며 여자를 무섭게 쳐다보았다. 여자는 아랑곳하지 않고 머리카락을 쓸어넘겼다. 남자는 여자가 움직일 때마다 움찔하는 자신의 신체를 의식했으므로 움찔하지 않기 위해 몸에 약간 힘을 주었다.

"그냥 해! 한꺼번에."

남자가 화난 듯 말했지만, 여자는 그런 남자를 무시하고 다시 피자 박스가 있는 거실로 돌아가서 와인잔에 소주를 따랐다.

"내가 묻는 말에 대답해. 경고야."

아무것도 하지 않고 가만 서 있는 남자에게 다가와 세 번째 빰을 때렸을 때, 여자는 콧등과 미간을 조금 찌푸렸다. 뭔가 불편하거나 못마땅할 때 나오는 습관이었다. 여자는 냉장고에서 새 소주병을 꺼내 그 자리에 서서 병째 마시기 시작했다. 자주는 아니었지만, 남자는 여자가 술병을 그대로 들고 마시는 장면을 몇 번 목격했다. 흥분하기 시작했다는 증거였다. 여자는 술에 취하면 평소보다 난폭해지는 경향이 있었다. 남자는 여자의 소주병을 빼앗았다.

"하나만 하지? 때리든지, 술을 먹든지!"

여자가 거칠게 소주병을 낚아챘고 남자가 다시 그것을 빼앗았다. 소주병은 다시 위태롭게 여자의 손으로 넘어갔다. 소주병 내부에서 쓰나미가 일고 있었다. 몇 방울씩 튕겨 나오기도 했다. 남자가 다시 소주병을 빼앗으려 하자 여자는 남자의 뺨을 힘껏 후려쳤다. 오른손으로 소주병을 들고 있었으므로 왼손으로 때린 것이 분명한데 오히려 더 아팠다. 우왕좌왕하던 소주병은 결국 여자의 손에 이끌려 거실로 향했다.

"우리 결혼한 지 이제 고작 일 년 됐어. 알아?"

대답을 요구하는 말인지, 확인인지, 푸념인지 남자는 확신할 수 없었다. 다만 그 순간에도 여자에게 맞은 횟수가 몇 번인지 계산하고 있었을 뿐이었다. 남자는 어떤 말도 하지 않았다. 여자가 원하는 말을 해줄 수 있는 상황이 아니었고, 여자가 원하는 말이 어떤 것인지 파악하기 힘들었고, 무엇보다 여자와 말을 섞고 싶지 않았다.

여섯 대를 맞은 후에야 남자는 여자의 직업을 떠올렸다. 여자를 처음 만났을 때 여자는 초등학교에서 테니스를 가르치고 있었다. 손목 인대가 파열되어 큰 수술을 한 여자는 비록 현역에서 은퇴했지만, 실력은 한때 소문이 자자할 정도로 훌륭했다. 여자가 결혼 준비를 하면서 자신이 가장 아끼던 테니스 라켓을 중고로 팔아버린 것을 남자는 뒤늦게 알게 되었다. 여자가 가난한 건 남자도 알고 있었지만, 그렇게까지 힘들게 결혼 준비를 하는지 몰랐다. 그 사실을 알게 된 남자는 여자가 안쓰러웠다. 결혼식을 한 달쯤 앞두고 있었을 무렵에 남자는 여자에게 돈봉투를 들이밀었다. 그리고 그날, 처음으로 뺨을 맞았다. 울면서 남자의 뺨을 때린 여자는 몹시 괴로워 보였다.

그런데 그날과 지금이 사뭇 다르다는 생각이 들었다. 그날 맞은 건 분노가 표출된 행위라기보다는 마치 어떤 표현 같은 느낌이었다. 자존심은 상하지만 고마운, 받을 수밖에 없는 착잡함과 안도 같은. 그날 여자는 남자의 뺨을 때렸던 손으로 남자가 건넨 돈봉투를 핸드백에 집어넣었다. 그 기억 때문일까. 남자는 여자가 말한 서른 대를 크게 생각하지 않았다. 그러나 생각해보면, 돈봉투를 건네는 남자친구를 때리는 상황과 이혼을 요구하는 남편을 때리는 상황은 비교가 될 수 없는 거였다. 더구나 인대 수술을 하고 현역에서 은퇴하긴 했어도 테니스를 한 여자였다는 사실을 간과했다. 남자의 윗입술에 살짝 핏기가 돌았다.

"맞벌이 때문이야? 내가 놀고먹는 것 같지? 그래서 억울하지?"

눈앞에 이별을 맞닥뜨린 여자는 그 원인의 시발점을 추측하기 시작했다. 그러나 그건 원인이 아니었다. 여자의 말에 남자는 억울하고 자존심이 상했다. 맞벌이를 원한 건 사실이었고 며칠 전에 그 일로 다투기도 했지만, 결코 강요한 적은 없었다. 집에만 있는 여자가 불안했을 뿐이었다. 집구석에서 걱정과 불안을 계속 쌓아가던 여자가 못마땅했다. 썩 여유롭지는 않아도 남자 혼자 벌어도 먹고살 만은 했다. 아니, 솔직히 말해서 맞벌이를 하게 되면 훨씬 여유가 생길 테고 부담도 덜할 것 같았다. 그래도 그렇지. 이혼하겠다는 이유가 고작 맞벌이 때문이라니! 억울하다니! 여자는 계속 그렇게 믿고 싶어 하는 눈치였다. 헤어지는 이유가 쪼잔한 남자 탓이라고 말이다.

"지금 그게 할 말이야? 내가 벌어온 돈은 너희 집에 다 갖다 바치고 정작 생활비가 부족할 때 어떻게 했는지 기억 안 나?"

"그럴 줄 알았어. 결혼하자고 매달릴 때는 아들 노릇할 거라더니."

"돈 때문이었어? 결혼한 이유가?"

남자도 여자처럼 비아냥대며 여자의 자존심을 긁고 싶었다. 그러나 날아온 건 몇 배가 강력해진 스윙이었다.

열 번째. 드디어 남자의 왼쪽 입술이 터지고 말았다. 남자는 피가 씁쓰름한 맛이 난다는 것을 처음 느꼈다. 더불어 현재 상황이 자신에게 불리하다고 판단했을 때 여자를 긁어서는 안 되겠다는 것도 느꼈다. 적어도 남은 스무 대가 끝나기 전까지는. 그 모든 게 끝나면 남자도 가만히 나가진 않겠다고 다짐했다.

"그거 알아? 우리 사이에 이별이 끼어든 게 처음이란 걸."

여자가 한층 차분해졌다. 나지막한 여자의 목소리가 텔레비전 광고 소리에 포박당해 잘 들리지 않았지만 맞는 말이었다. 칠 년간의 연애, 결혼생활 일 년. 그러니까 팔 년 동안 단 한 번도 서로에게 이별을 말한 적이 없었다. 그렇다고 헤어질 뻔한 장면들이 없었던 것은 결코 아니었다. 그건 다 자신이 참고 견뎌온 결과라고 남자는 말하고 싶었다. 그 세월 동안 내가 얼마나 힘들었겠냐고, 몸 여기저기 사리가 박혔을 거라고, 너랑 살다 성불하게 생겼다고 말하고 싶었다. 그러나 남자는 아무 말도 하지 않았다. 어차피 그렇게 살아온 거 오늘까지만 침묵하자 생각했다.

열다섯 번째는 화장실에서 볼일을 보고 나오던 중에 당했다. 일부러 그러는 건지 여자는 기습적으로 남자의 인권을 침해하고 있었다. 화장실 앞에서 문도 닫지 못한 채 변기 물이 다 내려가기도 전에 뺨을 맞은 남자는 도저히 참을 수가 없었다. 순간, 여자와 대적하고 싶었다. 그러나 열다섯이라면 이제 딱 고지의 절반에 이른 순간이었다. 자기가 뱉은 말은 꼭 지키는 여자의 성격으로 봤을 때, 남은 열다섯 대만 넘기면 남자는 원하는 이별을 얻게 될 것이 분명했다. 남자는 말없이 바지춤을 마저 정돈하며 잉여의 자리로 갔다.

열다섯 번째가 지나가고 나서 한참 동안 아무 일도 일어나지 않았다. 여자는 계속 와인잔을 들이켜거나 피자를 씹었고 텔레비전 채널은 수시로 바뀌었다. 남자는 얼굴이 조금씩 부어오르는 것을 느꼈다. 움직임 없이 한자리에 서서 여자를 쳐다보고 있는 남자를 향해 여자가 갑자기 고개를 돌렸다. 그리고 천천히 일어나 남자 쪽으로 걸어왔다. 남자는 눈에 힘을 주고 티 나지 않게 어금니를 앙다물었다. 여자는 남자 앞을 지나쳐서 냉장고로 향했다. 남자의 콧구멍에서 긴 숨이 새어 나왔다. 냉장고를 뒤적이던 여자는 싱크대 하부장 여기저기를 살폈다. 그런 여자의 행동이 위태롭게만 느껴지는 남자에게 여자가 대뜸 한 가지 제안을 했다.

"소주 좀 사다줘. 한 대 까줄게."

남자는 고민이 되었다. 그렇다고 정말 그러기엔 남자의 자존심이 애매하게 반응했다. 모르는 사람은 비웃을 상황이지만 맞아보지 않은 사람은 한 대의 가치를 모를 거라며 긍정적으로 검토하는 자신을 옹호하기 시작했다. 여자가 다시 거실 테이블로 가 앉을 때까지 남자는 깊게 고민했다. 어차피 술을 사다 주지 않더라도 맞는 건 변함이 없을 것이다. 남자가 사다 주지 않아도 어떤 방법을 쓰든 원하는 만큼 술을 마실 여자였다. 무엇보다 찬바람을 좀 쐬고 싶다는 생각이 변명처럼 스쳐 갔다. 결국, 남자는 지갑을 들고 현관으로 나갔다. 주섬주섬 운동화를 신고 여자를 쳐다보던 남자가 말했다.

"두 대."

"좋아. 두 대."

두 대를 약속받은 남자는 엘리베이터 앞에서 한숨을 몰아쉬었다. 막상 집을 나오니 다시 들어갈 수 있을까 싶었다. 상황이 이렇게까지 되어버린 건 그동안 자신이 여자를 무조건

받아주기만 한 때문이라고 자책했다. 남자는 아파트 상가에 있는 편의점으로 향했다. 야식을 먹기 위해 여자와 함께 자주 들렀던 편의점이다. 소주를 사서 다시 집 앞에 도착했을 때, 남자는 또 한 번 긴 숨을 내쉬었다.

두 대면…… 열일곱…….

남자가 현관문을 열고 거실에 들어섰다. 여자는 보이지 않았다. 화장실에는 없었다. 옷방으로 쓰는 방에 불이 켜진 걸 보고 기웃거리던 남자는 화들짝 놀라고 말았다. 여자가 남자의 옷들을 가위로 찢고 있었다. 허둥지둥 가위를 뺏은 남자가 뭐하는 짓이냐며 소리쳤다. 여자는 별일 아니라는 표정으로 남자가 던지듯 내려놓은 비닐봉지를 들고 거실로 나갔다. 투명한 소주가 와인잔에 옮겨지는 소리가 들렸다. 남자가 방에서 나오자 말이 조금 느려진 여자가 말했다.

"지금 입은 옷. 그 옷만 걸치고 맨몸으로 나가."

와인잔을 입가로 가져가며 여자가 말했다. 상기된 목소리에 단호한 어조였다. 남자는 애초에 모두 다 주고 헤어질 생각이었다. 집이며, 차며, 가구며, 혼수며 하나부터 열까지 남자가 마련한 것들이지만 남자는 다 주고 떠날 생각이었다. 그런데 여자의 입으로 그런 말을 들으니 기가 막혔다.

"왜 대답을 안 해?"

"하…… 나는 끝까지 널 이해하고 다 주고 그래야 하는 거지? 그런 존재지?"

"당연하지. 누구 때문에 교과서처럼 사느라 내가 얼마나 힘들었는데. 위자료는 얼마나 받아야 할까? 발목 잡힌 오랜 연애에 결혼생활에…… 아, 불임까지 얻었지. 어떻게 보상할 거야! 어떻게! 내가 그렇게 싫다고 했는데. 아기는 싫다고, 태어나는 건 불행한 일이라고!"

여자의 말이 끝남과 동시에 남자의 분노가 치솟았다. 마지막 말은 지금 이 상황에서 해선 안 되는 거였다. 아무리 취했어도 하면 안 되는 실수였다. 남자는 흥분하지 않으려고 애썼다. 여자는 취했다, 취해서 그런 거다, 제정신이 아니다…… 남자는 주문을 외웠다. 그럴수록 화가 났다. 여자가 아이를 원하지 않는다는 걸 알고 있었지만 이미 생긴 아이였다. 그 빌어먹을 술, 술 때문에 생겼던 아이가 사라졌다던 의사의 설명이 귓전에 맴돌았다. 임신 중 음주하셨어요? 유산기가 있다고 말씀드렸는데. 명백한 증거는 없었지만 의사는 확신하고 있었다. 불과 한 달 보름밖에 안 된 일이었다. 그런데도 여자는 여전히 취해서 그 일을 이야기하고 있다. 빌어먹을, 취해서.

남자는 언제나 그랬듯 속으로 혼자 분노했다. 취한 여자가 불쑥 뱉었다고 해서 덩달아 입에 올릴 수는 없는 일이었다. 어쨌거나 여자에게도 상처였을 테다. 소주 반병을 더 마시고 약간 취기가 도는 듯 보이는 여자가 방으로 들어갔다. 남자는 불안한 눈빛으로 여자의 행동을 살폈다. 방에서 나온 여자의 손에는 결혼 앨범이 들려 있었다. 마지막으로 추억이라도 꺼내 보려는 심산인가. 어쩌면 미련이 담긴 행동이 아닐까 남자는 복잡했고 지레 걱정도 되었다. 울면 어떡하나. 매달리면 어떡할까.

천천히 앨범을 넘기던 여자가 갑자기 어느 페이지에서 사진을 찢어냈다. 찢어낸 사진을 테이블 위에 놓고 한참 들여다보던 여자는 다시 특정 부위를 조그맣게 찢었다. 소주가 가득 찬 와인잔을 한 번에 비워낸 여자는 찢어낸 사진을 입에 넣어 씹기 시작했다. 남자는 경악했다. 저렇게까지 할 필요가 있을까 싶었다. 여자가 원하는 건 다 해주며 살았던 남자였다. 바꿔 말하면, 여자는 원하는 대로 살아왔다는 뜻이다. 심지어 여자는 자신이 받은 사랑만큼 남자를 사랑하지도 않았다. 그러니 헤어지기에 앞서 저렇게까지 분노할 이유가 없다고 남자는 생각했다. 저게 여자의 방식이라면, 이별마저 더럽게 예의 없는 여자였다. 서른 대를 맞으면 헤어져주겠다고 제안한 것부터가 그랬다. 결혼 전에 여자가 어떤 말을 했든지 간에 자신이 왜 그 제안을 수락했는지 남자는 이해되지 않았다. 인제 와서 그게 납득이 안 되다니. 인제 와서 어쩌자고. 여자는 소주를 들이켤 때마다 안주를 먹듯 사진을 찢어서 입에 넣고 꼭꼭 씹었다.

여자가 씹고 있는 사진 속에서 남자는 정말 행복했다. 여자가 고운 웨딩드레스를 입고 천사 같은 모습으로 자신을 향해 발걸음을 내디뎠을 때, 여자의 새아버지로부터 공식적으로 여자의 손을 건네받았을 때, 여자의 가난한 부모에게 큰절을 올리는 순간까지도 남자는 벅찬 눈물을 흘렸다. 여자의 상처를 보듬어주며 경제적으로 힘들었던 여자를 행복하게 해주리란 의지에 불타던 날이었다. 그러나 저기 거실에서 술안주로 자신의 얼굴을 씹어 먹고 있는 여자를 남자는 더 감당하며 살 자신이 없다.

언제부턴가 여자에게는 술을 마시는 이유조차 없어 보였다. 결혼 후 여자는 시간과 장소를 가리지 않고 술을 마셨다. 칠 년 동안 연애하면서 여자의 음주가 지나치다고 생각해본 적이 없었다. 무엇이 여자를 변하게 했는지, 여자를 두고 깊은 생각을 하는 일이 남자는 불편했다. 여자를 끔찍하게 사랑했던 칠 년이 진심이었는지, 줄곧 이별을 계획했던 시간이 진심이었는지 계속 혼란스러웠다.

여자의 휴대폰이 울렸다. 느린 손으로 휴대폰을 들어 발신번호를 확인한 여자가 텔레비전을 향해 자신의 휴대폰을 집어 던졌다. 휴대폰은 케이스 덮개가 열린 상태로 바닥에 떨어졌고 여자는 화가 난 듯 소주를 마셨다. 잠시 후 남자의 휴대폰도 울렸다. 여자가 득달같이 달려들어 남자의 휴대폰을 빼앗으려 했다. 남자는 발신번호를 확인하기 위해 휴대폰 든 손을 번쩍 추어올렸다. 여자가 까치발을 하고 손을 뻗어보지만 뺏기는 역부족이었다. 약이 오른 여자는 열여섯 번째 빰을 때렸다. 아니, 두 번을 까기로 했으니 열여덟 번째였다. 맞으면서도 손을 들고 전화기를 사수하는 남자를 향해 여자가 연속으로 빰을 때렸다. 남자는 연속으로 맞은 횟수를 셌다. 스물하나가 지나갔다.

두 사람에게 전화를 건 사람은 여자의 엄마였다. 며칠 전에 남자의 처남, 그러니까 여자의 동생이 상해치사 가해자로 입건된 사건이 발생했다. 남자는 그 사건을 빌미로 여자의 엄마로부터 몇 건의 문자를 받았다. 당연히 돈 얘기였다. 여자의 엄마는 여자와 통화가 되지 않으면 남자에게 전화해서 돈 얘기를 하곤 했다. 여자 모르게 남자가 건넨 액수도 상당했다. 물론 남자 모르게 여자가 건넨 액수는 그보다 더하다는 걸 남자는 알고 있었다. 남자가 알고 있다는 사실을 여자는 모른다. 남자는 그것만큼은 끝까지 모르는 척해주고 싶었다. 발신자가 장모임을 확인한 남자는 휴대폰을 화장실 앞 빨래 바구니를 향해 안전하게 집어 던졌다.

연속으로 뺨을 때린 여자는 한동안 베란다에 나가 쭈그리고 앉아 있었다. 축 늘어진 어깨를 더 버틸 수 없다는 듯 베란다 난간 쪽으로 기울였다. 남자는 그 모습이 잠깐 안쓰럽게 느껴졌다. 남자는 여자를 향한 연민이 컸다. 여자는 언제나 행복할 의지가 없었다. 행복하게 해줄게. 남자가 그렇게 말했을 때, 여자는 그건 의지대로 되는 게 아니라며 달관한 사람처럼 말하곤 했다. 행복은 말이야. 그냥 운명처럼 정해진 거야. 나는 내 부모의 자식으로 태어난 순간부터 불행한데 그걸 노력으로 바꿀 수 있어? 응? 그렇게 생각해? 그 말을 할 때도 여자는 술을 마셨지만, 그땐 남자도 함께였다.

여자는 고등학교 때까지 선수복을 물려 입었다고 했다. 선배 이름이 박힌 부분은 나이키나 아디다스 패치를 사서 이름 위에 덧씌워서 바느질했다. 여자의 형편을 알게 된 고교 시절 코치는 자신이 선수 시절에 쓰던 라켓을 물려주었다. 절대 테니스를 포기하지 않기로 약속하고 라켓을 받던 날, 여자는 태어나 그렇게 많이 운 건 처음이었다고 했다. 여자의 실력을 일찌감치 알아보았던 코치는 여자의 미래를 욕심내었다. 여자는 코치 덕분에 꾸준히 테니스를 했다. 얻어 입고 얻어 써도 테니스만큼은 포기할 수 없었다. 그거라도 하지 않았으면 자신은 오래전에 산산조각이 났을 거라고 했다. 그런 여자는 테니스를 그만둔 후 몸도 마음도 앙상하게 말라갔다.

여자는 줄이 끊어진 꼭두각시 인형처럼 하염없이 베란다 귀퉁이에 처박혀 있었다. 베란다 차가운 바닥에서 한동안 미동도 하지 않다가 이따금 무릎 사이에 고개를 파묻곤 했다. 여자가 가만히 있으니 집 안의 모든 것이 멈춘 느낌이었다. 가만하다고 해서 평화와 안전을 의미하는 것은 아니다. 폭발하려는 존재는 힘을 응집하기 위해 얌전히 시간을 죽인다. 지금처럼 여자가 정적일 때마다 남자는 오히려 불안했고 더 깊은숨을 모아두어야 했다. 여자는 화를 모으고 남자는 숨을 모으고 집 안엔 적막이 모였다.

아무도 없는 거실에서도 시간은 얼마간 흘렀다. 여자가 바라보고 있는 베란다 너머의 어둠도 농도가 바래고 있을 것이다. 남자는 여전히 여자가 불안했고 덩달아 자리를 뜰 수 없어서 하염없이 여자만 바라보았다. 처음 만난 그날처럼. 첫눈에 반한 그날처럼. 수많았던 그날들처럼. 얼마 뒤 남자 쪽을 힐끔 쳐다보던 여자가 어정어정 엉덩이를 털며 일어섰다. 베란다 문이 열리자 조그맣게 찢긴 사진들이 바람에 날려 흩어졌다. 여자는 천천히 베란다 문을 닫으며 남자를 향해 다시 제안했다.

"소주가 더 필요해. 두 대 까줄게."

남자는 잠시 망설였지만 한 번 했던 일인데 지금 와서 쪽 팔릴 것도 없었다.

"세 대."

이왕 이렇게 되었으니 남자는 배포 크게 밀어붙였다.

"그래, 세 대. 그게 다 무슨 의미가 있겠어."

긴장했던 남자와는 달리 여자는 흔쾌히 수락했다. 세 대라. 세 대면 이제 스물네 대가 사라지는 것이다. 술을 사러 가는 남자의 발걸음에 약간의 가벼움이 묻어나는 듯했다. 이제 정말 끝나가는구나 싶었다.

돌아온 남자가 테이블에 소주병을 놓으며 이제 여섯 대 남았어, 라고 말했다. 소주를 와인잔에 따르는 여자의 태도가 비웃음 속에 흐트러졌다. 훗. 여자는 말없이 웃기만 했다. 이제 남은 횟수를 세는 편이 더 쉬워진 상황에서 남자에게 약간의 여유가 생긴 걸까. 계속 서 있던 잉여의 자리가 아닌 주방 입구 식탁에 비스듬히 엉덩이를 걸치고 여자를 주시했다. 어느 정도 주량을 넘어선 상태이므로 주의 깊게 관찰해야 했다.

"확실해?"

느닷없이 여자가 물었다.

"여섯 대 남은 게 확실하냐고."

"확실해."

대답하면서 남자는 불안하고 불길했다. 확실하냐고 묻는 이유는 확실하지 않다고 생각하기 때문이든가, 무언가 확신하고 상대방을 떠보는 경우인데…… 남자는 여자가 술에 취해 제대로 기억하지 못하면 어떡하나 걱정되기 시작했다.

"그냥 남은 여섯 대를 한꺼번에 해치우는 게 어때?"

남자의 제안이었다. 남자는 이 상황을 빨리 끝내고 싶었다. 이 집에서, 저 여자에게서 빨리 벗어나고 싶었다. 여섯 대를 마저 맞으면 잘 살라는 말 한마디 딱 하고 몸만 나갈 생각이었다. 이제 시간도 자정이 훌쩍 넘었고 체력도 바닥이 나기 시작했다. 때리는 것보다 맞는 게 더 체력소모가 많은 것 같다는 생각이 든 남자는 여자의 대답을 기다리며 냉장고에서 생수를 꺼냈다.

남자의 제안을 받아들이는 건지, 드디어 여자가 자리에서 일어났다. 잠깐 휘청대던 여자는 남자를 향해 천천히 걸어왔다. 식탁에 걸터앉아 있던 남자는 일어나 맞을 준비를 했다. 여자의 얼굴에 분노가 사라지고 슬픔이 차 있었다. 금방 이라도 울어버릴 것 같은 표정이었다. 술기운 탓인지 여자는 남자의 얼굴이 방향을 틀지 않을 만큼의 강도로 뺨을 때렸다. 연속으로 때렸다. 줄따귀였지만 전혀 아프지 않았다.

스물다섯, 스물여섯, 스물일곱, 스물여덟, 스물아홉…….

분명히 스물아홉까지 셌는데 갑자기 여자가 때리는 것을 멈췄다. 한 대를 남겨놓고 말이다. 남자는 기어코 환장할 노릇까지 왔다. 마치 희롱당하는 기분이었다. 다시 거실로 돌아가려는 여자의 팔을 잡아끌며 남자가 소리를 질렀다.

"야!"

여자는 그런 남자를 보며 웃었다. 웃으며, 계속 실실 웃으며 여자가 말했다.

"오늘 다 때린다고는 안 했어. 오늘은 헤어지기 싫어."

"뭐하는 짓이야! 때려! 어서 마저 때리라고!"

화가 난 남자가 여자의 손을 붙들어 자신의 얼굴로 가져가려고 했다. 여자는 남자의 손아귀에서 벗어나려고 손목을 이리저리 비틀었다. 실랑이하다가 여자의 오른쪽 손등이 남자의 손아귀에서 튕겨 나가면서 반사적으로 남자의 왼쪽 얼굴을 갈겼다. 순간, 남자는 여자를 거칠게 밀치며 이제 다 끝났다고 말했다. 여자는 아직 한 대가 멀쩡히 남았다고 말했다. 남자는 여자에게 억지 부리지 말라고 했다. 여자는 끝까지 남자답지 못하다고 비아냥댔다. 우린 이제 끝났다며 남자가 현관으로 가 운동화를 신었다. 여자는 운동화를 신느라 상체를 숙인 남자의 뺨을, 정확히는 머리통을 왼손으로 강하게 때렸다.

"그렇게 맞고 싶어? 그렇게 헤어지고 싶어? 이제 됐어?"

맞고 휘청거리다 화가 난 남자는 분노에 찬 손으로 여자의 뺨을 때렸다. 취한 여자는 넘어지면서 갈기갈기 찢어져서 나뒹구는 사진들 사이로 길게 미끄러졌다. 남자는 온갖 거친 말들을 내뱉으며 그간 참았던 울분을 격하게 쏟아냈다. 일 년만큼, 서른 대만큼 욕해주고 싶었다. 흥분한 남자가 내뱉는 험한 말에도 여자는 바닥에서 일어나지 않았다. 남자는 움직이지 않는, 자신이 때린 여자가 걱정되기 시작했다.

"야!"

남자는 신발을 벗고 천천히 여자에게 다가갔다.

"장난치지 마!"

남자가 여자의 몸에 손을 대고 흔들었다.

"야!"

남자가 모로 쓰러진 여자의 몸을 바르게 틀려고 할 때 여자는 자치기하는 나무토막처럼 벌떡 일어났다. 깡마른 여자의 몸은 위태롭게 비틀거리며 어디론가 달렸는데, 빨래 바구니에 든 남자의 휴대폰을 가지고 화장실로 들어가는 것이었다. 여자가 갑자기 일어나 뛰어가는 모습을 지켜보던 남자는 어이가 없었다. 힘이 다 빠져버린 남자는 그대로 풀썩 주저앉았다.

"와…… 진짜…… 진짜 미친 걸 거야."

바닥에 널브러진 사진들이 남자의 발치에 걸렸다.

"이걸 먹다니……."

그 와중에 남자는 바닥에 흩어진 사진들을 발로 슬슬 밀어 한쪽으로 모으기 시작했다. 옹기종기 모인 사진 조각들을 무심코 바라보던 남자는 뭔가 이상하다는 걸 느꼈다. 찢어진 사진 속의 얼굴이 자신이 아닌 듯 보였기 때문이었다. 의아한 남자는 자세를 바로잡고 사진 한 조각을 주워서 코앞으로 가져갔다. 또 다른 조각들도 자세히 들여다보았다.

찢긴 사진 속 주인공은 여자도 남자도 아니었다. 모두 여자의 가족이었다. 여자 엄마의 얼굴, 여자 새아빠의 얼굴, 여자 남동생의 얼굴. 그 얼굴들만 모두 찢겨 흉측하게 나뒹굴었다. 턱시도를 입은 남자와 웨딩드레스를 입은 여자는 여전히 두꺼운 앨범 속 같은 사진에 머물러 있었다. 두 사람 옆에 서 있는 여자의 가족들만 유령처럼 얼굴이 없었다. 얼굴 없는 가족들 사이에서 여자와 남자는 팔짱을 낀 채 행복하게 웃고 있었다. 남자가 마지막으로 본 여자의 미소가 아니었나 싶었고 그 미소는 남자와 함께 있었다.

집 안에 다시 적막이 모였다. 머릿속이 하얘진 남자는 화장실 쪽을 바라보았다. 화장실 안에서는 아무 소리도 들리지 않았다. 물소리도, 목소리도, 혹시나 했던 울음소리도. 여자가 먹다 남긴 피자가 보였다. 여자가 피자를 시키지 않았더라면 남자는 오늘 헤어지자는 말을 하지 않았을까?

남자는 한 낱이 되어버린 여자의 가족들을 주워다가 피자박스 옆에 놓으며 앨범 속에 살아남은 자신의 가족들을 바라보았다. 여자와의 결혼을 하나같이 반대했던 자신의 가족들 앞에서 언제나 당당하지 못했던 여자가 떠올랐다. 아무 생각도 하고 싶지 않지만 무슨 생각을 자꾸 해야 할 것 같았다. 확실히 어떤 생각을 했다고 말하기엔 막연한 것들만 떠오른 남자는 자신의 가족들을 남겨두고 여자와 자신의 사진만 조심스럽게 도려내었다. 무거운 앨범 속에서 탈출한 두 사람의 표정이 너무도 가볍다. 갑자기 허기를 느낀 남자는 식어빠진 피자 한 조각을 입에 물었다.

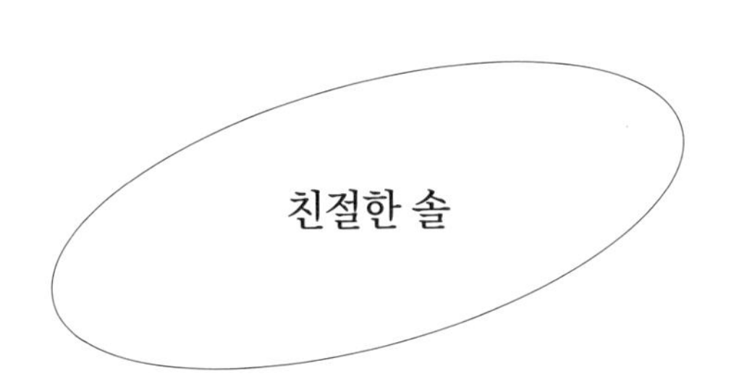
친절한 솔

학원 현관문이 열리면서 종소리가 났다. 웬 할머니 한 분이 신발을 벗고 거침없이 안으로 걸어 들어왔다. 볼록 나온 배를 앞으로 쑥 내밀고 어깨를 뒤로 젖힌 할머니는 팔을 마구 휘저으며 학원 복도를 헤집고 다녔다. 책상 밑을 일일이 들여다보고 손잡이가 망가진 청소함을 열어보고 심지어 냉장고 문도 홱 열어젖혔다. 낯선 사람의 무례한 행동을 가만두고 볼 수만은 없었다. 나는 아이들이 동요하지 않도록 밖으로 나가서 조용히 교실 문을 닫았다.

"누구세요? 무슨 일이세요?"

쓰레기통 주변을 기웃대던 할머니가 나를 쳐다보며 말했다.

"우리 손주가 와치를 잃어버렸대. 그게 얼마나 비싼 건데."

낌새가 좋지 않았다. 할머니 꽁무니를 졸졸 따라다니는 아이를 보니 며칠 전 새로 들어온 동우였다. 아까 1교시 논술 수업할 때 친구들에게 애플 워치를 자랑하던 동우가 떠올랐다.

수업 들어가기 전에 동우 엄마가 학원으로 전화를 했다. 할아버지 제사 때문에 조퇴해야겠다고. 나는 동우 엄마가 얘기한 시간에 맞춰 동우의 수업을 끝냈고 동우는 1교시 수업 중간에 집으로 갔다. 그러니까 오늘 우리 학원에서는 삼십 분도 채 머물지 않았다. 어쨌든 동우가 학원에 시계를 차고 온 것은 분명했다.

"그래요? 제가 교실에서 한번 찾아볼게요."

나는 다시 교실 안으로 들어가 조용히 문을 닫고 아이들에게 말했다.

"자기 자리 아래에 혹시 시계 같은 게 떨어져 있는지 좀 찾아봐줄래?"

아이들은 여기저기 두리번거리기 시작했다. 한 아이가 말했다.

"아, 그거 동우 거 말하는 거죠? 오늘 학교에서도 자랑하고 그랬는데. 잃어버렸대요?"

"그런가 봐……."

내가 대답하자 다른 아이가 미소 띤 얼굴로 말했다.

"그럴 줄 알았어. 그렇게 자랑질하더니."

아무리 찾아봐도 시계는 보이지 않았다. 당연한 일이었고 짐작했던 결과였다. 시계가 교실 안 어딘가에 떨어져 있었다면 날랜 아이들의 눈에 띄지 않았을 리가 없다. 확신이 있더라도 노력하는 시늉이나마 해야 하는 상황은 직장생활에서 다반사다. 나는 다시 교실 밖으로 나가 최대한 안타까운 표정과 친절한 목소리로 말했다.

"학원에 시계를 차고 온 것이 맞다 하더라도 잃어버린 곳은 여기가 아닌 것 같아요. 저 교실에서만 수업했거든요. 아무리 찾아봐도 없는데…… 동우야, 혹시 다른 곳에서 잃어버린 게 아닐까?"

나는 쪼그리고 앉아 동우를 올려다보며 조곤조곤 물었다. 동우의 표정이 이내 굳어졌다.

"아니에요. 분명히 아까 논술 수업할 때 한번 풀었는데, 그리고 없어졌어요."

동우의 말이 끝나기가 무섭게 할머니가 화난 목소리로 말했다.

"누가 훔쳐간 거 아니야?"

옆 교실에서 수업 중이던 원장이 문을 열고 나왔다. 원장의 표정으로 보아 히스테리가 발동하기 직전인 것 같았다. 본인은 갱년기라 원인 모를 화가 가끔 치민다고 말했지만, 지금까지 겪은 바로는 원래 참을성이 없는 히스테릭한 여자였다. 원장은 미간을 찌푸리고 있는 할머니와 슬픈 표정의 동우와 쭈그리고 앉아 있는 나를 번갈아 쳐다보았다. 내가 일어서자 무슨 일이냐고 물었다. 물었다기보다는 화가 치민 짜증이었다.

"샘, 뭐야, 무슨 일인데 이렇게 시끄러워?"

나는 난처한 표정으로 자초지종을 설명했고 원장은 덥다며 에어컨을 틀었다. 삼복더위에도 한 시간 이상 에어컨을 켜지 않는 원장이었다. 오래되어 누르스름해진 에어컨의 실외기가 소음을 내며 돌아가자 원장이 큰 소리로 말했다.

"찾아보고 연락드릴 테니 돌아가 계세요. 지금 전부 수업 중이잖아요."

원장의 태도가 마음에 들지 않은 듯 할머니는 지지 않고 목소리를 높였다.

"수업이고 뭐고 지금 그게 중요해? 그 비싼 시계를 도둑맞았다고!"

원장도 지지 않았다.

"말씀 함부로 하지 마세요. 우리 애들은 그런 애들 아니에요. 그리고 수업 중인 학원에 와서 이렇게 마음대로 헤집고 돌아다니시면 어떡해요?"

할머니가 다시 무슨 말인가 하려고 하자 동우가 할머니의 팔을 끌며 돌아가자고 했다. 할머니는 반드시 연락하라고 말한 뒤 배를 내밀고 돌아섰다. 할머니와 동우가 학원을 나가고 나서 원장이 물었다.

"어떻게 된 거야? 진짜 시계가 있기는 했고?"

"네. 제가 봤어요. 근데, 여기서 잃어버린 건지 확신할 수는 없어요."

원장은 교실 안으로 들어가며 중얼거렸다.

"진짜 무식한 노인네를 다 보네."

나도 교실로 들어가 산만해진 아이들을 조용히 시켰다. 그나저나 나야말로 좀 난처하게 되었다. 동우는 내가 상담해서 들어온 아이고 내가 수업하던 교실에서 분실 사고가 생겼으니 어쩌면 책임도 따를지 모를 일이다. 일을 다시 시작한 지 고작 일 년도 되지 않았다. 그마저도 경력 단절에 나이까지 많아서 겨우 구한 직장이다. 심지어 단절되었던 경력도 모두 학습지 교사다. 초등학생을 전문으로 하는 학원이라 큰 돈벌이는 기대하지 않았지만, 출퇴근 시간이 여유로웠다. 무엇보다 무거운 교재를 짊어지고 이 집 저 집 돌아다니지 않는 것만으로도 너무 좋았다. 할부로 차를 바꾼 지 얼마 되지도 않았는데, 혹시 불똥이 나한테까지 튀면 어쩌나 걱정되었다.

나는 천천히 오늘 하루를 되짚어보았다. 오후 한 시쯤 출근해서 교실과 복도를 청소했고, 커피 믹스를 한 잔 마시며 채점을 했고, 엄마랑 통화하며 원장 흉을 봤고, 두 시쯤 일학년 아이들이 몰려왔다. 거기 동우도 있었다. 운동장에서 놀다가 땀으로 범벅이 되어 온 아이들은 정수기 앞으로 달려가 허겁지겁 물을 마셨다. 정수기 아래 물받이통이 넘쳐흐르자 아이들은 깔깔거리며 참새 떼처럼 선풍기 앞으로 몰려갔다. 그사이 화장실에 간 아이도 있었고 중간에 등원한 아이도 있었고 미리 교실로 들어간 아이도 있었다. 나는 출석부를 챙겨서 아이들을 교실로 데리고 들어갔다. 동우도 함께였다.

아이들은 새로 온 동우에게 관심이 많았다. 대부분 동우와 같은 초등학교에 다녔지만, 동우는 지난주에 수원에서 전학 온 아이였기 때문에 관심은 당연한 일이었다. 오늘도 그랬다. 전학생이 차고 온 애플 워치는 아이들이 호기심을 갖기에 충분했다. 내가 출석부에 출석 체크를 하고 고개를 들었을 때, 동우는 애플 워치를 손목에서 풀어 교재 위에 가지런히 올려놓으며 말했다.

"만지지는 마."

아이들은 그걸 신기한 듯 쳐다보며 부러워했다.

"통화도 돼?"

"이건 얼마짜리야?"

"누가 사줬어?"

동우는 일일이 친절하게 대답해주었고 별것 아니라는 표정을 짓고 있었다. 내가 아이들에게 자리로 돌아가 앉으라고 말했을 때, 동우 곁에 모여든 아이들이 구름처럼 흩어졌을 때, 아, 민재. 민재 얼굴이 동우 옆에 계속 남아 있었다. 동우의 자리는 민재 옆자리였다. 기억 속에서 민재 얼굴만 잔상이 뚜렷해지자 교재 위에 있었던 애플 워치가 어떻게 되었는지는 기억나지 않았다. 다시 동우가 손목에 찼는지, 어디로 사라졌는지.

나는 수업 내내 민재를 쳐다보았다. 민재의 엄마가 떠올랐다. 민재 엄마는 요양원에서 영양사로 일하고 있었다. 가끔 남은 반찬을 가져다주기도 했는데 원장은 그걸 아주 싫어했다. 원장은 그 반찬들을 건물 계단 청소하시는 노부부에게 드렸다. 그게 고마웠던 노부부는 종종 현관 앞에 내다 놓은 쓰레기도 치워주곤 했다. 민재의 아빠도 떠올랐다. 정비와 세차 일을 하는 민재 아빠는 가끔 민재를 데리러 오거나 학원비를 납부하러 오기도 했다. 그는 볼 때마다 땀에 전 작업복 차림이었다. 민재보다 세 살이 많은 민재 형 영재도 떠올랐다. 영재도 예전에는 우리 학원에 다녔다고 들었다. 공부도 하지 않고 말썽만 많이 피워서 정말 피곤했다는 말을 원장에게서 전해 들은 기억이 났다. 나는 계속 민재의 가방에 시선이 갔지만 내가 하는 생각이 너무 기막혀서 머리를 흔들며 창밖을 내다보았다.

원장이 먼저 수업을 끝냈는지 옆 교실이 소란스러웠다. 책걸상이 바닥에 끌리는 날카로운 소리가 났고 아이들이 교실 밖으로 나가는 소리가 들렸다. 수업시간은 십 분 정도 남아 있었다. 잠시 후 노크도 없이 교실 문이 열렸다. 우리 학원에서 노크하지 않는 사람은 원장밖에 없었다. 다짜고짜 수업 중인 교실로 들어온 원장은 내게 한마디 양해도 구하지 않고 아이들을 향해 말했다.

"너희들 주위에 좀 비싸 보이는 시계가 떨어져 있는지 다들 훑어봐."

"아까 찾아봤는데 없었는데요."

"다시 찾아보라고!"

아이들은 마지못해 두리번거리는 시늉을 했지만, 아까만

큼 적극적이지는 않았다. 원장은 그 모습이 마음에 들지 않았는지 다시 명령했고, 아이들은 자리에서 일어나 책상 밑으로 기어 들어가서 찾는 모습을 보여주었다.

"없어요."

"없어요."

원장은 미간이 부풀기 시작했다.

"그럼 도대체 어디 간 거야? 여기 차고 왔다는데? 요즘 시계는 발이 달렸어? 그럼 혹시 누가 훔쳐 가는 거라도 본 사람 없어?"

아이들은 서로를 쳐다보며 어쩔 줄을 몰라 했다. 보다 못한 내가 원장에게 말했다.

"원장님, 아직 수업이 안 끝났어요. 끝나면 제가 얘기해볼게요."

원장이 나가자 아이들은 탐정놀이를 하기 시작했다.

"누가 훔쳐 갔다고?"

"그럴 수도 있지."

"누가? 그럼 우리 중에 있다는 거야?"

"그럴지도 모르지. 나쁜 사람은 어디에나 있다고 우리 엄마가 그랬어."

"누굴까?"

"나는 아냐. 나는 그 시계가 탐나지 않았거든."

"나도 아냐. 우리 아빠한테 떼쓰면 그 정도는 사줄 테니까."

"야, 자기가 자기보고 도둑이라고 하는 사람이 어딨냐."

이윽고 아이들은 용의자라고 생각되는 친구들 이름을 언급하기 시작했다. 그사이 민재는 입도 벙긋하지 않았고 아이들이 하는 말에 히죽히죽 웃기만 했다. 붙임성 좋고 말이 많았던 민재가 평소 같으면 제일 먼저 떠들어댔을 것이다. 왜 하필 오늘따라 입을 열지 않는 걸까. 왜 저렇게 웃기만 할까. 초등학교 일 학년 남자아이의 입가에 머문 미소가 어째서 순수해 보이지 않는 걸까. 도대체 나는 무슨 생각을 하는 걸까.

"얘들아. 지금 쓰던 건 내일까지 숙제야. 그리고 친구들을 함부로 의심해서는 안 되는 거야. 동우가 시계를 잃어버렸을 수도 있고, 다른 곳에서 도둑맞았을 수도 있고, 집에 놓고 왔을지도 몰라. 아무 증거도 없는데 남을 함부로 의심하는 건 나쁜 일이야. 그러니까 학원 나가서도 너희끼리 그런 말은 안 했으면 좋겠어. 선생님 말 이해하겠니?"

각 학교에서 여름방학식이 있는 날이라 조금 한가했다. 결석한다는 전화도 많았고 미리 통보하지 않았어도 결석이 분명한 아이들이 더 많았다. 수업 뒷정리를 끝내고 원장과 마주 앉았다. 원장은 투명 파일에 꽂힌 동우의 입학원서를 보고 있었다.

"이거 동우 엄마가 썼어?"

"네."

"동우 아빠가 공무원이래?"

"그런가 봐요. 교육청 어디 근무하신다던데."

"그래? 할머니 보니까 전혀 그런 집안 같지는 않던데…… 동우 엄마는?"

"사거리 약국에 근무하신다고."

"약사? 흠. 살 만하니까 애한테 그런 걸 사줬겠지. 그나저나 어떡하지? 혹시 동우 옆자리에 누가 앉았어?"

나는 잠깐 망설였다. 왜 망설였을까. 어떤 상황에서는 잠깐의 망설임이 백 마디 대답보다 더 명확한 표현임을 알면서도 선뜻 대답하지 못했다.

"민재요."

"민재? 영재 동생?"

"네……."

"왜! 왜 하필 걔 옆에 앉혔어?"

원장은 마치 민재가 동우의 애플 워치를 훔쳐 가기라도

한 것처럼 말했다. 원장은 들고 있던 입학원서로 부채질을 하며 고개를 휘저었다. 내가 무슨 큰 잘못을 저지른 것처럼 느껴졌다. 원장은 동우를 민재 옆에 앉힌 것이, 민재가 영재 동생인 것이, 오늘 분실 사고가 일어난 것이 모두 맞물려 있다고 확신하는 것 같았다. 그리고 이렇게 물었다.

"민재 가방 뒤져봤어?"

"어떻게 그래요."

내가 얼굴을 찌푸리며 대답하자 그 부분은 원장도 인정하는 듯 입을 닫았다. 입학원서를 다시 들여다보던 원장은 휴대폰을 들었다. 잠시 후 휴대폰 너머로 통화 연결음이 새어 나왔고 원장은 헛기침을 몇 번 했다. 동우 어머니에게 전화하는 걸로 생각했는데 내 예상은 빗나갔다.

"아, 민재 어머니. 그간 안녕하셨지요?"

원장은 여느 때처럼 계이름 솔에 맞춰 목소리를 발랄하게 했지만, 그녀는 언제나 못갖춘마디였다. 소리만 있고 울림은 없거나 가식만 있고 진심은 없었다. 그 사실을 알기까지는 오래 걸리지 않았다. 면접을 볼 때 원장의 목소리는 지금처럼 솔이었지만 그 목소리로 최저시급도 되지 않는 초봉을 제시했고, 수당도 보너스도 없지만 육 개월에 한 번씩 오만 원을 올려주겠다는 제안을 했었다. 팔 개월이 지난 지금까지 올려주지 않은 오만 원에 대한 해명 따위는 들을 수 없었다.

"다름이 아니라 민재가 숙제를 두고 가서요. 다시 학원으로 좀 보내주시겠어요? 아, 네. 그럼 기다릴게요. 네네."

전화를 끊자마자 짜증 난다는 한마디를 던진 원장의 목소리는 급격히 다운되었다. 민재를 다시 불러서 어쩌겠다는 것일까. 아무런 증거도 없이 정말 그 아이를 대면한 채 네가 시계를 훔쳤는지 물어볼 작정일까. 충분히 그럴 수 있는 사람이다. 만약 정말 그렇게 한다면 그건 어른이라도 참을 수 없는 치욕이고, 어쩌면 상처가 될 수도 있는 무서운 일이다. 본인도 두 아이를 키우는 엄마인데 설마 그렇게까지 생각 없는 사람은 아닐 거라고 믿었다. 물론 믿음 따위는 아무런 힘이 없지만 말이다.

"아무래도 내 짐작이 맞는 것 같아."

원장은 확신에 찬 사람처럼 말했다.

"예전에 민재 형 영재가 우리 학원에 다닐 적에 말이야. 이런 일이 여러 번 있었어. 어느 날은 한 녀석이 새로 산 운동화를 잃어버렸다는 거야. 그래서 신발장을 죄다 뒤졌는데 안 나와. 그때 다른 아이가 그러더라고. 영재가 신고 나가는 걸 봤다고. 보니까, 진짜 영재 신발은 있는 거야. 이미 마치고 갔는데 말이야. 그래서 영재를 불러들였는데 뭐라는 줄 알아? 그냥 가까이 있어서 잠깐 신고 나갔다가 온 거래. 얼마나 영악하던지. 그뿐만이 아니야. 애들 모자고 필통이고 죄다 없어지면 범인은 영재였어. 항상 어이없는 변명들을 늘어놓았고. 아, 맞다. 시계도 있었어, 시계도."

그때 현관문이 열렸고 민재가 헐레벌떡 뛰어 들어왔다. 신발을 벗고 우리 쪽으로 걸어오던 민재는 분위기가 숙제는 아님을 직감한 듯 눈치를 보았다. 나 역시 원장 눈치를 보았다. 원장은 민재에게 이리 와 앉으라며 의자를 뒤로 빼주었다. 의자에 앉은 민재는 바닥에 닿지 않는 발을 허공에서 휘젓기 시작했다. 몹시 불안해 보였다. 원장은 그런 민재에게 다정한 목소리로 물었다.

"민재야. 솔직하게 말하면 뭐든 용서해줄 거야. 알겠지?"

"네."

"너 오늘 동우가 차고 왔던 애플 워치 봤지?"

"네……."

"혹시 그거 만졌니?"

민재는 나를 쳐다보았다. 나는 괜찮다는 표정을 지으며 고개를 끄덕여주었다. 사실은 괜찮다는 표정이 어떤 표정인지 나는 모른다. 그런 표정은 누구도 알 리가 없다. 그렇지만 원장보다는 나를 더 편하게 생각할 아이였기에 제발 뭐든 솔직하길 바라는, 진실해도 된다는 마음을 표현한 것이었다. 나와 눈이 마주쳤던 민재는 내 마음을 눈치채지 못했는지 곧바로 고개를 떨구었다. 나는 제발 민재가 고개를 들었으면 했는데, 민재는 아무 말 없이 계속 고개를 떨구고 있었다. 그 행동이 원장의 근거 없는 추측에 힘을 실어주었을 것이다. 나도 민재만큼 불안해져서 도망치고 싶었다.

"솔직하게 말하면 용서해준다고 했잖아. 동우 시계 만졌니?"

원장이 다시 물었다.

"네……."

민재가 대답하자 원장의 말이 빨라졌다.

"언제? 왜 만졌어? 그리고 어떻게 했는데?"

"그냥 만지기만 했어요. 신기해서……."

"진짜야? 그냥 만지기만 했는데 시계가 사라졌어?"

"원장님!"

원장의 마지막 질문을 듣다 못한 내가 말을 가로챘더니 원장이 놀란 얼굴로 나를 쳐다보았다. 민재는 여전히 고개를 숙이고 있었고, 고개를 숙였다고 해서 원장이 했던 말을 못 알아들었을 리가 없었다.

"원장님. 제가 얘기하면 안 될까요?"

민재와 나를 번갈아 보던 원장은 휴대폰을 들고 일어섰다. 은행에 다녀올 테니까 얘기해보라고, 자신이 돌아올 때까지 민재를 보내지 말라고 당부했다. 원장이 신발을 갈아 신는 것을 민재가 곁눈으로 슬쩍 쳐다보았다. 나는 어떤 방식으로 질문을 해야 할지 걱정이었다. 모든 질문에는 목적이나 의도가 깔려 있기 마련이라서 상대방의 대답에 따라 얼마든지 유도신문이 가능하고 오해도 가능하다. 나는 차라리 질문하지 않기로 했다.

"우리 민재. 오늘 동우와 있었던 일을 선생님한테 얘기해주면 좋겠는데."

민재는 한동안 망설였고 몇 번 내 얼굴을 쳐다보는 게 다였지만 나는 기다리기로 했다. 불편한 이야기를 들어야 하는 자와 말해야 하는 자 사이에서 가장 필요한 것은 언제나 시간이었다. 나는 일부러 정수기 앞으로 왔다 갔다 움직이거나 냉장고 문을 열기도 하고 휴대폰을 들여다보기도 했다. 편안한 분위기를 연출하기 위해서였지만 너무 인위적이라는 생각에 동선이 꼬이기도 했다. 드디어 책상 밑에 있던 손을 책상 위로 올려서 꼼지락거리는 민재를 보았다. 숨겼던 손을 드러낸다는 것은 긍정적인 의미였다. 손가락으로 책상 위에 낙서된 글자를 문지르던 민재가 말을 하기 시작했다.

"오늘 동우가 학교에서 시계를 자랑했어요. 그래서 다른 애들도 같이 막 만져보고 그랬는데 동우가 갑자기 뺏어가서 저는 못 만져봤어요. 학원에서 동우가 또 시계를 풀어놓고 구경해도 좋다고 했어요. 그때 제가 시곗줄 부분을 만졌어요. 잠깐만 만졌어요. 근데 시계가 없어졌다고 해서 만졌다는 말을 못 했어요. 집에 가서 형한테 말하니까 형이 절대로 솔직하게 말하지 말라고 했어요. 그러면 도둑놈이 되는 거라고 그랬어요. 만지기만 했어도, 도둑질을 안 했어도 그냥 도둑놈이 되는 거라고."

민재는 예민한 이야기를 차분하게 이어갔다. 나는 민재의 이야기에 한마디도 끼어들지 않고 듣기만 했다. 자신에게서 형으로 넘어갔고 다시 시계로 돌아와 진실하게 이야기하는 민재의 목소리에 귀 기울였다. 민재는 용감했고 솔직했다. 그리고 마침내…… 나는 민재의 고백을 들었다.

솔직하기가 얼마나 어려운 일인지 나는 잘 알고 있었다. 어릴 때는 어른들이 무서워서 솔직하지 못했고 어른이 되어서는 솔직할 필요가 없었기 때문에 솔직하지 않았다. 얼마든지 솔직한 척할 수도 있는 게 어른이었고, 때론 진실보다 진실처럼 포장된 거짓이 신뢰받기도 한다는 걸 알게 되었을 때 나는 혼란스러웠다. 진실 따위는 중요하지 않았다. 나는 사람들이 믿는 쪽을 택하고 살았다. 그러한 일련의 기억들이 쌓여 자존감 낮은 어른이 되었다. 아무래도 나 같은 어른은 되지 않을 것 같은 솔직한 민재가 대견하기도 하고 부럽기도 했다. 이 아이의 용기 있는 고백을 칭찬해주고 싶었고 정직해도 괜찮다는 희망을 주고 싶었다. 나는 민재에게 은밀한 이야기를 하기 시작했다. 이 아이를 지켜주고 싶었다.

서둘러 민재를 보낸 후에 원장이 돌아왔다.

"뭐래?"

실내화로 갈아 신던 원장이 물었다.

"민재는 아닌 것 같아요. 아니, 확실히 아니에요."

원장이 기분 나쁜 표정으로 나를 응시했다.

"뭐라고? 샘이 어떻게 확신해? 요즘 애들이 얼마나 뻔한 거짓말을 잘하는데! 민재는? 보낸 거야? 내가 보내지 말랬잖아!"

원장은 있는 대로 화를 냈다. 솔이고 뭐고 도레미파는 다 빼먹고 고음을 내며 화를 참지 못했다. 그렇게 물러터져서 험한 세상 어떻게 사느냐, 좋은 사람 콤플렉스가 있는 것 아니냐는 둥 인신공격도 서슴지 않았다. 나는 아무 말 없이 원장의 피부색이 바뀌는 것만 지켜보았다. 목에 핏대가 서더니 턱과 귀 그리고 얼굴 전체가 붉어졌다. 아마 두피도 불덩이일 것이다.

"이래서 애 키워본 사람을 써야 했는데. 애들에 대해서 뭘 안다고! 우리 때 같은 줄 알아?"

원장은 거칠게 가방을 챙겨 들고 다시 신발을 신었다.

"문제 생기면 샘이 책임져!"

원장은 엄포를 놓으며 현관을 나섰다. 한두 번 있는 일은 아니었다. 본인이 화를 참지 못하면 수업이 남아 있어도 저렇게 어디론가 가버렸고 뒤처리는 매번 내가 맡았다. 내 수업을 하면서 옆반 아이들 자습 감독을 했고 청소도 혼자 했고 문단속까지 한 후에 퇴근한 일이 종종 있었다. 다음 날이 되면 원장은 미안한 마음을 돌솥비빔밥이나 자장면 등으로 표현했다. 이번에도 그럴 것이다. 내일 출근하면 비빔밥 먹을래, 자장면 먹을래, 하고 물어보겠지. 자기가 좋아하는 두 가지 메뉴로.

다음 날.

장마라 일찌감치 출근했는데 원장이 먼저 와 있었다. 나는 별말 없이 꾸벅 인사를 하고 내 교실로 들어갔다. 이것저

것 정리하고 있는데 원장이 손에 스타벅스 커피를 들고 들어왔다. 스타벅스 커피는 그녀 방식의 가장 큰 사과였다. 내가 커피를 건네받자 원장은 맨 앞줄 책상에 걸터앉았다. 나는 비빔밥도 자장면도 먹고 싶지 않은 상태였다.

"샘. 어제 내가 너무 흥분했지?"

"아니에요. 보내지 말랬는데 제가 보냈잖아요. 괜찮아요."

"이해해줘서 고마워. 내가 샘 아니면 이거 어떻게 운영할까 싶어."

"네……."

"저기 말이야. 오늘 아침에 동우 엄마한테 전화가 왔더라고."

나는 커피를 한 모금 삼키려다 사레가 들려버렸다. 캑캑. 어제 민재와 도모했던 은밀한 이야기가 떠올랐고, 밤새 내가 잘한 일일까 고민하느라 잠도 제대로 자지 못했다. 동우 엄마가 전화했다면 분명 어제 사건과 관련된 것일 테다. 나는 죄를 들킨 사람처럼 조마조마했다.

"오늘 아침 담임 선생님 책상 위에 동우의 시계가 있더라는 거야."

"네?"

"누군가 주웠는지 훔쳤는지 알 수가 없는 거지. 아무튼,

동우 엄마가 어제 동우 할머니 일을 사과하더라고. 동우 아빠도 아이한테 너무 비싼 걸 사준 게 아닌지 후회하셨대. 참 좋은 부모 같아. 그치?"

"네…… 어쨌든 찾아서 다행이네요."

"학교에서 찾았다니 우리 학원과는 무관한 일이 됐어. 다행이지 뭐."

"민재는요?"

"민재 뭐?"

"민재한테 사과하셔야죠."

"뭐 사과까지 해. 내가 도둑으로 몰았던 것도 아니고."

원장은 수고하라는 말을 남긴 채 교실을 나갔다. 잠시 후 월급이 들어왔다. 오만 원이 오른 금액이었다. 월급 날짜는 칼같이 지키는 사람이었고 나로서는 그게 참 다행이었다.

아이들 올 시간이 다 되어 폭우가 쏟아지기 시작했다. 태풍 예보가 있었고 어젯밤부터 바람이 심상치 않았다. 여러 학원에서 단축 수업을 예고했고 내 휴대폰은 출근 전부터 불이 난 상태였다.

– 선생님. 오늘 학원 몇 시에 문 열어요?

– 선생님. 지금 학원 가도 돼요?

– 선생님. 우산이 없어요.

– 선생님. 오늘은 학원 쉴게요.

몇 학년 할 것 없이 모든 아이가 일찍 왔다. 우산꽂이가 금세 가득 찼고 현관에 벗어놓은 아이들의 운동화는 모두 젖어 있었다. 원장반 아이들은 자기들 교실로 들어갔고 내가 맡은 저학년 아이들은 거실에서 뛰어놀았다. 동우는 아무 일 없었다는 듯 신나게 장난치며 놀고 있었다. 다른 아이들도 어제 있었던 사건을 다 잊은 것 같았다. 조금 늦게 온 민재는 우산이 없었는지 비를 쫄딱 맞은 상태로 들어왔다. 오늘 동우의 손목에는 시계가 없었다.

비 때문에 창문을 열 수 없어서 에어컨을 틀었다. 아이들이 에어컨 소리에 놀라 내게 말했다.

"선생님 에어컨 틀어도 돼요?"

"원장 선생님이 알면 화내실 텐데 괜찮겠어요?"

나는 슬그머니 화가 났다. 한여름 태풍 전야에 스무 명가량의 아이들이 바글대는 작은 학원이다. 이런 날 에어컨도 마음대로 못 트는 선생님을 도대체 뭐라고 생각할까. 나는 내친김에 교실로 들어가서 벽걸이 에어컨도 틀었다. 원장이 없어서 그런 건 아니었다. 아이들은 나를 걱정스러운 눈으로 쳐다보았다.

"걱정하지 마. 허락받았어."

내 말에 안심이 되었는지 아이들은 에어컨 앞으로 모여들었고 젖은 옷과 머리카락을 말리며 좋아했다. 원장은 출근하자마자 에어컨에 시선을 주었지만 웃으며 말했다.

"너무 습하지? 교실에도 틀지 왜."

"틀었어요."

"아, 그래? 잘했어."

원장이 평소와 다르게 고운 마음을 쓰는 것보다 평소처럼 반말하는 것이 유난히 귀에 거슬렸다. '잘했어'라는 말이 애들에게 하는 말처럼 들렸다. 원장은 평소에도 내게 반말을 했다. 첫 출근 때부터 그랬다. 나보다 나이가 많긴 했지만, 너무 자연스럽게 말을 놓았고 나도 크게 신경 쓰지 않았다. 애들 앞에서 반말로 야단이라도 맞으면 체통이 말이 아니었다. 그게 오늘에서야 거슬리는 이유를 모르겠다. 잘했어, 라는 긍정이자 칭찬인 말이 창밖에 쏟아지는 비처럼 시끄러웠다. 인제 와서 거슬린다고 지금 바로잡는 것도 이상한 노릇이다. 원장은 커피와 출석부를 챙겨 교실로 들어갔다. 나도 애들을 교실 안으로 불러들였는데, 마지막 아이가 교실로 들어오기도 전에 에어컨 꺼지는 소리가 들렸다.

빗줄기는 점점 거세졌고 수업 중간에 아이들을 데리러 온 부모가 더러 있었다. 수업이 제대로 될 리가 없었다. 잡담 반 공부 반 대충 수업을 마무리하고 애들을 돌려보냈다. 민재는 형이 우산을 가지고 데리러 오기로 했다며 교실에 남았다. 청소를 마치고 원장은 퇴근했지만 민재 형은 오지 않았다. 전화도 받지 않았다. 비는 점점 더 거친 폭우로 변했고 낮인데도 밖은 어두웠다. 무작정 기다릴 수는 없었다. 나는 민재에게 우산을 빌려줄 테니 집에 가는 게 좋겠다고 말했다. 민재는 고개를 끄덕였다.

"거기 청소함 열어서 아무거나 맘에 드는 우산 가지고 가."

그렇게 말하고 나는 교실로 들어가 창문 단속을 했다. 교실 불을 끄고 나가려는데 갑자기 하늘이 번쩍하더니 우렁찬 천둥소리가 들렸다. 아무래도 민재를 혼자 보내는 건 아닌 것 같았다. 어차피 오늘 학원도 단축 수업을 하기로 했으니 퇴근길에 데려다주면 되겠다 싶었다. 그래도 전화 한 통 없는 민재 부모님이 조금 야속하기는 했다. 이런저런 생각을 하며 교실 문을 닫고 나오는데 민재가 청소함 문을 열어놓고 허수아비처럼 서 있었다. 계속 그렇게 서 있었던 모양이었다. 나는 민재 옆으로 다가갔다. 청소함 안에는 여러 개의 우산이 있었다.

"아무거나 써도 되는데 왜?"

"……."

나는 파란 우산 하나를 꺼내 민재에게 내밀었다. 민재는 우산을 받지 않았다.

"왜? 이거 싫어?"

"……."

"민재야, 우리 빨리 가야 해. 비가 점점 많이 내리고 있어. 자, 이거 쓰고 가자."

"그거 승빈이 우산이에요."

"응?"

"거기 이름이 있어요."

우산을 살펴보니 플라스틱 손잡이 부분에 유승빈이라고 쓰여 있었다. 나는 다른 우산을 뒤졌다. 우산 손잡이나 창 부분에 하나같이 이름이 있었다. 당연했다. 이 우산들은 비 오는 날 아이들이 쓰고 왔다가 비가 그치는 바람에 잊고 간 것들이었다. 저학년 아이들의 물건에는 사소한 것 하나하나 다 이름이 적혀 있기 마련이었다. 그런데 지금은 우산에 이름이 있든 말든 그게 중요한 게 아니었다.

"어차피 빌려 쓰는 거야. 돌려주면 돼."

"소용없어요."

"뭐가?"

"선생님."

"응?"

"오늘 일찍 학교에 가서 담임 선생님 책상 위에 시계를 놓고 왔어요."

"아, 그래…… 이제 그 얘긴 안 해도 돼."

"다시 갖다 놔도 똑같아요."

"뭐가?"

"도둑질을 한 건 변하지 않아요. 돌려줘도 마찬가지예요."

"넌 도둑질을 한 게 아니잖아. 동우가 급하게 가느라 시계를 잊어버린 거잖아. 넌 그냥…… 주웠을 뿐이야. 괜찮아, 민재야. 다 끝났어. 아무도 모르는 일이니까 걱정하지 마."

"아무도 모르지 않아요."

"무슨 말이야?"

"제가 알잖아요."

그 말은 평생 잊을 수가 없을 것 같았다. 민재는 계속 힘들었던 것이다. 무슨 말을 해주어야 할지 알 수 없었다. 나는 내 우산을 민재에게 주며 말했다.

"그럼 선생님 우산을 빌려줄게. 선생님 거니까 선생님이 빌려주는 건 괜찮지?"

민재가 내 우산을 손에 쥐었다. 나는 청소함에 있는 제일 큰 우산을 빼 들고 민재와 함께 학원을 나섰다.

"집이 어디야?"

"피자헛 삼 층이요."

비바람 때문에 우산도 소용없었지만 민재와 나는 두 손으로 각자의 우산을 꼭 붙들었다. 나는 내 우산을 돌려받을 수 없다는 것을 알고 있었다. 원장이 어젯밤에 민재 어머니에게 전화했었다는 사실은 아까 민재 어머니의 문자를 받고 알게 되었다. 민재 어머니는 민재를 다그쳤을 것이고 결국 내가 그랬듯이 자백을 받아냈을 것이다. 사고뭉치 큰아들한테 이미 단련되어 있었을 민재 어머니는 내일부터 민재를 학원에 보내지 않겠다고 했다. 그리고 내내 죄송하다는 말과 고맙다는 말만 반복했다. 민재가 한 짓이 알려졌다면 영재처럼 비뚤어졌을 거라고, 고맙다고, 정말 고맙다고. 나는 굳이 학원을 끊을 것까지는 없다고 얘기했지만, 어머니의 마음이 확고해 보였다.

바지 정강이 부분이 다 젖었다. 민재도 그랬다. 민재는 젖어도 상관없다는 듯 씩씩하게 걸었다. 지금 민재는 무슨 생각을 하고 있을까. 부질없지만, 함께 젖었던 사람이 있어서 다행이었다고 기억했으면 좋겠다. 민재 어머니의 생각이 틀렸을지도 모른다. 내가 민재에게 제안했던 은밀한 얘기가 민재를 더 비뚤어지게 할지도 모른다는 얘기다. 어쩌면 내가 가장 나쁜 어른으로 기억될지도 모른다. 민재가 용서를 구할 기회를 없애버렸으니까. 자신만 알고 있는 잘못을 들키지 않으려고 마음을 닫아버리면 어쩌나. 모두에게 비밀로 할 거라고 말했던 나는 약속을 지켰지만 내가 약속을 지키든 아니든 중요하지 않게 되었다. 나는 그저 비겁함을 가르친 어른 중 하나였다.

"선생님. 여기예요. 안녕히 가세요."

"그래. 민재야. 다 잊어버려. 나쁜 건 잊고 사는 거야. 알겠지?"

"……."

내게 우산을 건네는 작은 손. 젖은 신발을 신고 계단을 올라가는 고작 여덟 살. 민재는 알게 되었을 것이다. 회유와 협박은 다른 것이 아니고, 세상에 비밀은 없으며, 사실대로 말하면 용서해준다는 어른을 믿어서는 안 된다는 사실을. 어른들은 집요하게 알려고 하고 어떻게든 서로에게 알리고 어차피 약속 따위는 지키지 않는다는 것을. 그 모든 순간 어른들의 표정은 세상 자비롭고, 그 모든 순간 어른들의 목소리는 친절한 솔이라는 것을 기억할 것이다.

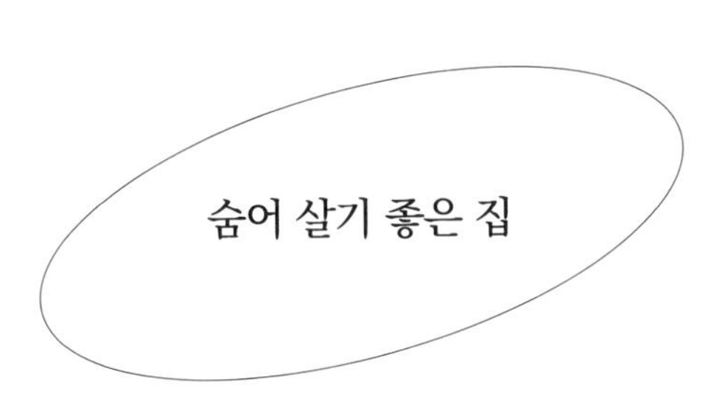
숨어 살기 좋은 집

○
○
○

여자는 공식적으로 한 달째 행방불명이다. 남편은 여자가 닿았을 만한 어디든 직접 가서 수소문했고 경찰에 실종신고를 접수한 건 나였다. 올해 여든 살이 된 노모가 사라졌다고. 아마도 조금은 울먹이며 두려움에 찬 목소리였을 것이다. 처음엔 그랬으니까. 생업을 접고 여자의 흔적만을 뒤쫓던 남편은 결국 포기한 듯했다.

"미안해, 내가 조금 더 신경 썼어야 했는데……."

나는 남편 앞에서 자책과 절망과 후회를 호소했고, 남편은 긍정이든 부정이든 어떤 대답도 하지 않았다. 여자가 실종된 지 한 달이 가까워지자 비로소 남편은 이렇게 말했다.

"누구도 어쩔 도리 없는 일이었어."

남편은 여자가 사라진 현실을 받아들이고 있었다. 정황상

실종이었지만 단순히 실종이라고 믿기도 힘들었다. 우리는 천천히 일상으로 돌아가는 중이다.

*

여자가 사라지기 전 마지막으로 머물던 곳은 우리 집이다. 자신이 사는 곳에서 이백 킬로미터나 떨어진 우리 집으로 어느 날 불쑥 찾아온 여자는 한 몇 달간 쉬어가마 했다. 아들에게도 며느리에게도 사전에 양해 한마디 없이 빗쟁이처럼 들이닥쳤다. 그렇게 시작된 여자와의 동거로 말미암아 나는 불편함과 어색함을 감내하며 지내야 했다. 예상은 했지만, 애초에 여자가 말한 '한 몇 달'은 해가 넘어가도록 유효한 기간이 되고 말았다.

결혼 직후 '숨어 살기 좋은 곳'을 물색하던 찰나 찾아낸 근사한 이곳. 꿈에 그리던 이곳으로 이사 와서 겨우 한 계절을 보냈을 무렵 발생한 일이었다. 여자는 당신 아들이 '이런 곳'에서 사는 게 '이런 여자'를 만나서 '이런 신세'가 된 것이라고 내게 말하곤 했다. 공기 좋은 곳에서 사는 건 도시 사람들도 소망하는 일이라고 내가 말하면, 공기 좋은 곳? 그래서 도시에는 꽃이 피지 않더냐, 비아냥대던 여자. 나는 여자에게 움이 질리고 있었다.

결혼하자마자 여자는 일주일에 한 번씩 자기 집으로 와서 자기를 돌봐주길 바랐다. 그 흔한 노인성 질환 중 어떠한 것도 앓지 않던 여자는 입으로 없는 병을 만들어갔다. 남편이 자신의 집에 들어서기 무섭게 무릎이 아프다며 인상을 쓰거나 밥맛이 없어서 미숫가루만 타 먹는다며 하소연하는 식이었다. 그때마다 남편은 여자의 무릎을 주무르며 진심으로 여자를 걱정했고, 나는 밥맛이 없다는 여자를 위해 저녁을 준비하곤 했다. 함께 저녁 식사를 하면 여자는 내 밥그릇에 내가 구운 생선 살점을 발라 올려주곤 했다. 너무 말랐으니 많이 먹어야 한다는 말을 건네며 가증스러운 친절함을 베풀었다. 물론 남편 앞에서만 그랬다. 그렇게 매주 규칙처럼 여자의 집에 다녀오면 며칠간 남편은 여자 걱정에 잠자리를 뒤척이곤 했는데 내가 좀 더 신경 쓸게, 라고 말을 해주면 남편은 부드럽게 날 안아주었다.

결혼 직후 여자는 하루에 두세 번 이상 내게 전화를 걸었고 다음과 같은 말을 쏟아냈다.

이번 주말에 삼계탕을 먹어야겠으니 준비해 와. 지난번에 선물 받은 화장품이 싸구려라 그런지 얼굴이 까칠하네. 신혼이라도 너무 자주 하면 안 돼, 그게 다 생명줄 줄이는 짓이야. 우리 아들은 살찐 여자를 제일 싫어하니까 몸매 관리 잘해라, 너무 먹더라. 아들 앞에서 며느리 욕하는 것 같아서 말 안 했는데 넌 왜 그렇게 음식을 짜게 하니? 친정 음식이 짠 거야? 여자가 집에서 잘해야 남자가 잘되는 법이야. 사돈은 하나밖에 없는 사위한테 보약 한 재도 안 해 먹인다니? 다음 달에 계에서 제주도 여행 가기로 했는데 경비가 제법 들 것 같구나. 너는 왜 그렇게 무뚝뚝하니? 여자가 좀 곰살맞게 굴어야 부부 사이가 오래가는데. 쯧쯧쯧.

나는 여자가 내게 바라는 것이 무엇이고 어떻게 하면 여자에게 미움받지 않을 수 있을지 곰곰, 자주 생각해야 했다. 삼계탕을 끓였고, 새 화장품을 사드렸으며, 친정엄마는 남편에게 보약을 해주었다. 그리고 여자는 내 돈으로 제주도 여행을 다녀왔다. 여행을 다녀온 여자의 손목에는 방울이 세 개 달린 은색 팔찌가 싸구려 자태를 드러내며 시시각각 소음을 내곤 했다. 자세히 보지 않아도 재질이 시원찮은 그 팔찌를 십만 원이나 주고 산 여자는 일명 장수 팔찌라고 불리는 그것이 동년배들 사이에 인기라고 했다. 나는 그 요망스러운 것이 내는 난잡하고 둔탁한 방울 소리가 지나치게 거슬렸다.

"난 그 소리가 너무 싫어. 무당집에 온 것 같아."

내가 이런 말을 하면 남편은 풀이 죽었다.

"우리 엄마 가엾게 생각해줘."

남편은 가끔 여자를 향한 연민에 한숨짓곤 했다. 젊은 날 사고로 남편을 잃고 자식들을 눈물로 키워냈을, 아마도 그런 여자를 떠올리는 듯했다. 그러나 중동에서 건설업을 하던 여자의 남편은 꽤 많은 재산을 남기고 떠나주었다. 여자 홀로 어린 자식들과 살아낸다는 것이 녹록지 않은 일이라는 것을 어느 정도 예의 짐작하더라도 가난이 첨부되지 않은 과부 팔자가 그리 눈물겹지 않았으리라 생각되는 건 착각일까. 여자는 천정부지 치솟는 부동산과 듬직한 아들들을 어깨에 걸치고 승승장구하며 살았을 터이다.

아파트를 처분하기 위해 시세를 알아보러 갔었다. 아담한 마당이 있는 시골 주택을 점찍어두었기 때문에 마음이 급했다. 이미 남편과는 얘기가 끝난 상태였고 내가 원했던 '숨어 살기'는 결혼 전 남편과의 약속이었다. 공황장애가 발작으로 이어진 몇 번의 경험은 공포였다. 나는 살아남고 싶었다. 살아남으려는 방법이었다. 한적한 시골에서 텃밭 일구며 살면 얼마나 좋을까, 그저 넋두리에 불과했던 내 바람이었는데 남편은 그렇게 살게 해주마 약속했다. 그 약속을 미끼로 은

근슬쩍 청혼하던 남편이 너무나 사랑스러웠다. 드디어 숨어 살기 좋은 곳을 발견했고 그곳에 마침 썩 괜찮은 집도 보고 온 참이었다.

그러나 그날, 시세를 알아보기도 전에 우리는 아파트가 온전한 남편의 것이 아닌 여자와 공동명의라는 것을 알게 되었다. 결혼 전에 남편이 사서 전세로 내놓았던 집이었다. 남편의 것도 여자의 것도 아닌 공동의 것이라니. 우리가 살았던 '우리 집'은 '우리'가 아닌 '그들'의 것이었다. 그 사실에 대해 남편도 전혀 아는 바가 없었다. 돈이나 재산 관리는 여자가 다 했다는 말을 얼버무렸지만, 얼마큼 당황스러운 표정이었다. 서로에게 어색해져버린 우리는 곧장 여자의 집으로 향했다.

연락을 먼저 하고 간 길이었지만 여자는 갑자기 무슨 행차냐며 호들갑 떨었고 과하게 남편을 반겼다. 저렇게 좋아하는데 말이나 꺼낼 수 있을까 걱정되었지만, 나는 그 껄끄러운 공동명의에 대한 질문은 남편에게 맡긴 채 저녁 준비를 했다. 된장찌개에 넣을 두부와 호박에 칼질이 한창인 와중에 거실에서 방성대곡하는 늙은 여자의 목소리가 들렸다.

"아무리 네가 산 집이라지만 이 어미한테 의논도 없이 그 집을 팔려고 했단 거야? 공동명의가 아니었다면 이미 팔아

치웠겠구나. 재산세 좀 아껴보겠다고 공동명의로 해놓은 걸, 지금 네 단독 명의가 아닌 게 억울해서 따지러 온 거니!"

그렇다. 여자의 명분은 재산세를 아끼기 위함이었다. 남편은 여자의 그럴듯한 대사와 연기에 몸 둘 바를 몰라 죄송, 미안, 잘못 등의 단어만 연발하고 있었다. 같은 시간, 도마 위에서는 분노에 찬 칼질이 계속되고 있었다. 두부는 제 형체를 잃어 산산이 부서지고 애호박은 다져지고 애꿎은 도마만 난도질을 당하는 중이었다. 여자가 꺼이꺼이 할 때마다 싱크대가 위태롭게 울렸다. 그러다가 더는 참을 수 없는 지경에 이르자, 나는 끓고 있는 냄비처럼 달아오른 얼굴을 한 채 거실로 나갔다. 손에는 미처 내려놓지 못한 식칼이 쥐어진 채였다.

"어머니. 적어도 사전에 의논이나 얘기라도 해주셨으면 좋았잖아요. 그러면 저희도 중개사무소부터 찾는 일은 없었을 거예요. 저희도 오늘 얼마나 당황했게요."

순간적으로 울분을 참고 내 말을 듣는가 싶던 여자는 기어이 뒤로 나자빠졌다. 놀란 내가 다가서려 하자 남편은 내 손에 든 칼을 빼앗아 소파 아래쪽으로 던져버리고는 찬물이나 가져오라고 소리를 질렀다. 그런 모습은 처음이었다. 얼이 빠진 나는 부엌으로 향했고 남편은 여자를 바로 눕힌 후

팔다리를 주물렀다. 익숙한 듯 여자의 팔다리에서 손가락 발가락 마디까지 천천히 주무르던 남편의 손. 밤마다 내 가슴을 주무르던 그 손길이었나 생각하니 온몸이 가려웠다.

"엄마한테 사과해줘……."

남편은 사과해, 라고 하지 않고 사과해줘, 라고 말했다. 배려 깊은 그 말투 때문에 평생 존중받는 아내로 살아가겠다 싶었는데, 그 말투가 명령보다도 더 거역할 수 없는 힘을 가졌다는 것을 그날 처음 알았다. 여자와 독대하는 건 정말 피하고 싶은 일이었지만 어쩔 수 없었다.

"어머니, 저 들어가요."

내가 여자의 방으로 들어섰을 때 여자는 마치 예상한 듯 준비된 자세로 앉아 있었다.

"아까는 제가 제정신이 아니었나 봐요. 용서해주세요."

여자는 내 얼굴을 빤히 들여다보더니 창문을 열라고 했다. 내가 일어서서 창문을 열자 여자는 담배 한 개비를 꺼내 불을 붙였다. 두어 번 뿜어져 나온 담배 연기는 여자의 입냄새와 맞물려 방 안을 맴돌았다.

"내가 말 안 하려고 했는데 결국 하게 되는구나. 너희 결혼하기 전에 궁합을 보러 갔는데 네 사주가 날 잡아먹을 거라고 하더라. 절대 집에 들여놓지 말라고. 그래도 나는 구식

소리 듣기 싫어서 내 아들 좋을 대로 결혼시켰다. 지금 생각해보면 조상님들이 하신 말씀 틀린 게 없어. 여자가 잘못 들어오면 집안이…… 참. 내가 경솔했어."

여자는 진위를 알 수 없는 잔인한 말들을 쏟아놓았다. 그리고 마지막으로 여자가 나에게 한 말은 씻을 수 없는 상처가 되었다.

"사생아라고 했을 때부터 반대했어야 했는데."

사생아. 그런 단어는 남편이 여자에게 전했을까.

내가 이혼이라는 초강수를 두자 남편은 여자 편을 들지 않았다. 남편의 형도 여자 때문에 가슴 아픈 일을 겪은 바 있었다. 그 이야기는 공공연한 비밀이었다. 가난하고 보잘것없는 내가 남편과 무난하게 결혼할 수 있었던 것도 어찌 보면 아주버님의 상처 덕분이었다. 우리의 결혼에 대해 찬성도 반대도 하지 않았던 여자였다. 그런 여자를 남편은 고맙게 생각했다. 부모 자식 연을 끊어버린 형의 심정을 이해하다가도 막상 여자를 보면 안쓰러워하던 남편. 그러나 가랑비에 옷 젖듯 여자가 나를 못살게 굴었던 사실에 대해서도 인지하고 있었다. 이번에는 참을 수 없다고, 남편이 말했다. 그는 더디고 힘겨운 발걸음으로 아들에서 남편의 삶으로 옮겨오고 있었다.

우리는 그 아파트를 팔아 결국 이사를 했다. 내가 사람 잡아먹을 년이라는 말까지 들어먹고서야 얻은 이곳의 생활은 그야말로 낙원이었다. 그런 말쯤은 몇 번 더 들을 수 있겠다 싶을 만큼 모든 게 만족스러웠다. 마당 너머에 펼쳐진 넓은 황금빛 논, 집 뒤로 보이는 매력적인 작은 언덕, 텃밭을 사이에 두고 적당히 떨어져 있는 독립된 가옥들은 시애틀의 하버 포인트를 떠올리게 할 만큼 멋스러웠다. 유독 눈에 띄는 우리 집 대문. 대부분이 검정이나 초록색이 발린 철문인 데 반해 우리 집 대문은 나선 모양의 나이테가 선명한 원목문이다. 그 문을 열고 들어섰을 때, 몇 년 뒤엔 이 앙증맞은 마당에서 내 아이들이 뛰어놀 것을 상상하며 나는 흥분을 감추지 못했다. 그러나 남편은 손봐야 할 게 너무 많다며 찬물을 끼얹었다. 그러거나 말거나 나는 이대로 죽어도 좋다고 생각될 만큼 극한의 기쁨을 맛보는 데 열중했다.

남편의 말대로 생각지 않게 손이 가야 할 곳이 많았다. 지하수가 나온다던 마당 수도꼭지엔 흐르는 소리만 날 뿐 물은 한 방울도 나오지 않았다. 시멘트가 제멋대로 발린 마당에서 튀어나온 시멘트 일부를 보지 못하고 무심코 걷다가 엄지발톱을 뽑아버리는 사건이 생겼다. 오른쪽 어깨가 삐딱해서 왼쪽으로만 가방을 메는 나처럼 집안 전체가 오른쪽으로 기울어 가구 하나를 짜 넣더라도 오랜 작업을 필요로 했다. 낡은 보일러는 틈만 나면 게으름을 피웠고, 얼마나 많은 엉덩이를 받쳤을지 모를 변기는 한 번에 오물을 삼켜내지 못했다. 그래도 나는 좋았다. 지하수는 없는 셈 치고, 마당은 잔디로 바를 생각이고, 보일러와 변기는 교체하면 그만이었다. 살면서 단 한 번의 긍정도 없었던 내가 이렇게 긍정적일 수 있다니 그것이야말로 이 집의 풍수가 훌륭하다는 뜻 아닐까, 그렇게 생각했다.

남편은 건축회사를 그만두고 한옥학교에 다니기 시작했다. 애초에 남편이 건축학과에 입학하고 건축 설계 일을 시작한 것은 모두 여자의 바람이었다. 시아버지와 가장 많이 닮은 남편을 결국 건축사로 만든 것이다. 유학까지 다녀온 남편은 제법 알아주는 설계사였으나 오래전부터 한옥을 짓고 싶어 했다. 내가 원했던 숨어 살기 좋은 집과 남편이 바라던 한옥을 짓는 일이 잘 맞아떨어졌다. 남편이 한옥학교에 다니기 시작하면서 주말부부에서 벗어났고, 우리는 시골생활에 적합한 삶을 살아가며 만족하고 있었다. 한 일 년쯤 그랬다.

여자가 갑자기 들이닥친 건 누구도 예상치 못한 일이었

다. 어느 날 불쑥 찾아온 여자는 얼마 전 폐암 진단을 받았다고 말했다. 남편은 아무런 말이 없었다. 도시에도 꽃이 필 만큼 공기가 좋다고 말하던 여자는 우리가 사는 곳이 자신의 병을 치료해줄 것이라고 믿었던 모양이었다. 여자는 한 몇 달만 쉬어가겠다고 했지만 돌봄 없는 홑몸 속에 들이닥친 암세포가 겁이 났을 것이다. 암세포가 사라지기 전까지는 그 몇 달이 계속되리라 추측하고 시작된 동거였다.

우리는 군말 없이 여자를 받아들였고 여자는 조용히 우리의 삶에 스며들었다. 남편과 여자는 서로의 일상에 어떤 간섭도 하지 않았다. 남편은 내게 여자와 한집에 사는 것에 스트레스가 커지면 부담 갖지 말고 말해달라는 당부를 틈만 나면 했다. 그러나 걱정할 일은 벌어지지 않았다. 여자는 우리 집에 그저 존재하기만 했고 우리에게 그 존재 가치는 제로에 가까웠다.

시간이라는 게 언제나 부질없듯 일상은 그렇게 흘렀고 여자와의 동거도 별문제 없이 몇 달을 이어갔다. 여자의 바람과는 달리 여자의 몸에 기생하는 암세포 따위에 우리는 어떤 관심도 염려도 두지 않았다. 여자의 몸이 눈에 띄게 쇠하거나 불편해 보이지도 않았을뿐더러 여자는 식탁 위의 음식이나 복용하는 약물에 관해서도 집착하는 게 전혀 없었다.

암세포가 어디에 들러붙었는지, 정말 몸속 어딘가에 오장되어 있는 건 맞는지 의심스러울 만큼 여자의 하루는 예전과 다를 바 없었다. 다행인지 불행인지 여자의 성질머리가 전에 없이 누그러진 것만은 사실이었다.

어느 날부터인가 여자의 외출이 잦아지기 시작했다. 아무런 언질도 없이 그저 아침나절에 나가서 저녁 무렵에야 집으로 돌아왔다. 그 역시 남편과 내게는 어떤 관심도 일으키지 못했지만 나는 여자와의 동거가 얼마 남지 않았음을 직감했다. 둘러앉아 며느리 욕보일 친구 하나 없고 그렇다고 살갑게 구는 자식이 있는 것도 아닌, 숨어 살기 딱 좋은 이곳 생활이 여자를 다시 도시로 불러들일 것이라 믿었다.

가을의 중심에 선 벼들이 더는 버틸 수 없다는 듯 바람결에 아우성칠 무렵, 조용했던 마을이 수확의 흥에 겨워 시끌벅적했다. 콤바인은 새벽부터 수선을 떨며 움직였다. 그 속으로 황금빛 파도가 일면 어느새 풍성했던 논은 머리를 깎은 동자승처럼 파르라니 바닥을 내보였다. 내가 어제도 먹고 오늘도 먹은 밥알이 저렇게 생겨난 것이구나, 상념에 젖어 있을 때 아웅다웅 소리에 정신이 번뜩 들었다. 소리를 따라 슬리퍼를 끌었더니 정미소 앞에 사람들이 모여서 저마다 언성을 높이고 있었다. 위협적으로 삿대질하는 노인까지 보였다.

"가을 한 철 장사로 먹고사는데 물 먹이는 거야 뭐야!"

"아, 우리도 이걸로 먹고사는 사람들인데 어쩌자는 거요!"

"지금 몇 시간째 차를 이렇게 대놓고! 오지도 가지도 못하는 마을 사람들 안 보여? 가뜩이나 해는 짧고 손은 달리는데 수확기에 집 짓겠다는 인간이 대체 누구야! 저기 쌓인 거 안 보여? 오늘 도정해야 하는 놈들이라고!"

"아, 글쎄 우리도 기간 안에 마무리해야 잔금을 받을 수 있다고요. 억지 부린다고 될 일이 아니란 말입니다. 촌구석에 차 댈 공간이 있어야 말이지!"

"뭐라? 이 젊은 놈이, 촌구석? 그래! 촌구석에서 촌놈들이 거둔 거로 밥 먹고 산 줄이나 알아!"

언뜻 들어도 알 만했다. 수확하느라 쉴 새 없이 바쁜 농번기에 누군가 집을 개축하는 모양이었다. 건축자재를 실은 트럭이 농기계의 경로를 방해하는 것이었다. 우리 집과 정미소를 사이에 둔 그 집은 내가 처음 눈여겨보았던 이층집이다. 마당도 넓고 이 층이라 조망도 훌륭한 그 집을 돈이 아쉬워 포기해야 했는데 그걸 누가 사서 취향에 맞게 개축하는 모양이었다. 나는 부럽고 아쉬운 눈으로 이층집을 돌아본 후 집으로 왔다. 그리고 다음 날, 마을 사람들로부터 그 집을 산 이가 여자라는 사실을 듣게 되었다.

여자는 남편과 나를 앉혀놓고 집이 완성되면 바로 거처를 옮기겠다고 했다. 왜 하필 이 동네에 있는 집이냐고, 왜 숨어 살고 싶은 나를 못살게 구느냐고 따져 묻고 싶었지만 나는 아무 말도 하지 않았다. 한집에서 살지 않아도 되는 것이 어딘가. 정말 그게 어딘가. 하늘이 도왔노라 생각하자고 마음을 잡았다. 남편도 그 사실에 대해서 여자에게 별다른 말은 하지 않았다. 그저 추수가 끝나고 나서 공사를 하라는 말만 전했고 여자도 그러마 했다. 그 뒤로 여자는 대놓고 자신의 집을 보러 다녔다.

집주인이 여자라는 사실이 마을에 알려진 뒤로 사람들은 여자가 지나간 자리에 대고 수군대기 일쑤였다. 어느 날 불쑥 나타난 늙은 여자가 마을 사람들에게 끼친 피해도 피해지만, 사후에 사과 한마디 없던 여자였다. 그 여자가 마을에 들어와 눌러살겠다니 모두가 한마음으로 여자를 밀어내려 했다. 급기야 마을의 유일한 가게인 경아상회는 여자에게 물건을 팔지 않았다. 여자는 그런 가게에서 파는 물건은 안 사는 게 이롭다며 아무렇지 않다는 듯 얼굴을 꼿꼿이 들고 다녔다. 그러나 담배 한 갑을 사기 위해 차를 타고 읍내까지

나가야 하는 번거로움을 감수하고 있었을 것이다.

추수가 모두 끝난 겨울의 문턱에서 여자의 집짓기가 재개되었지만 시작부터 만만치 않은 일들이 버티고 있었다. 건축자재를 실은 트럭이 오갈 수 있는 유일한 길목에는 경운기를 비롯한 트랙터와 콤바인 등 마을의 모든 농기계가 늘어서 있었다. 하다못해 작은 스쿠터까지 힘을 보태겠다는 듯이 한 자리를 차지하고 있었다. 매일같이 트럭에서 울리는 경적이 마을을 휘감았지만, 누구 하나 나와 보는 사람이 없었다. 급기야 여자는 경찰서에 신고했고 경찰이 도착하면서 여자의 표정에 일순간 기가 살아나는 듯했다. 그러나 그것은 정말 일순간이었다. 출동한 경찰은 정미소 주인을 '아버지'라 불렀다.

여자의 집짓기가 중단된 것은 업체 측의 결정이었다. 중도금을 돌려주겠으니 마을 사람들과 분쟁을 처리한 후 다시 계약하자고 통보해왔다. 여자가 계약서를 언급하며 발끈해 보았으나 업체 측의 입장은 단호했다. 봄가을이 성수기인데 여자 때문에 자기네들 손해도 이루 말할 수 없다는 것이다. 여자는 중도금을 돌려받은 후 짓다 만 집 앞을 서성이곤 했다. 대문과 담벼락은 헐려 있고 본채 건물 옆에는 합판에 뼈대만 올린 작은 건물 덩어리가 흉물스럽게 버티고 있었다.

마당 한쪽에는 커다란 나무 몇 그루가 뿌리째 벌러덩 누워 있었다.

여자의 집이 또다시 도마 위에 오른 건 김장 때문이었다. 아침부터 마을 안내방송이 시끄럽더니만 그날이 단체로 김장하는 날이라고 했다. 작은 시골 마을이다 보니 김장도 한날한시에 함께 모여서 하는 모양이었다. 김장하기 위해서 마을 노인들이 정미소 앞 공터로 모여들었다. 저마다 커다란 대야와 빨간 고무장갑을 들고 더러는 까만 장화를 신은 채였다. 그날, 노인들이 김장하던 입성 그대로 우리 집을 장악한 건 점심 무렵이었다.

사람의 손길이 닿지 않는 여자의 집이 문제였다. 무단투기로 인해 쓰레기가 넘쳐나고 있으며 악취는 말할 것도 없고 길고양이들이 진을 치고 있다는 것이다.

"집을 못 짓게 한 건 당신들이지! 인제 와서 그딴 소릴 해?"

여자는 조롱하듯 말을 쏟아냈고 사람들은 한동안 여자와 대치하다가 포기한 듯 돌아섰다. 잠깐 사이 돌아간 듯했던 한 노인이 다시 와 여자를 향해 결정적인 한마디를 하고 돌아갔다.

"내가 죽기 전엔 이 마을에서 당신이 살 집은 없을 테니 두고 봐!"

바로 그 노인이 며칠 뒤 내게 하소연했다. 제발 그 여자를 왔던 데로 돌려보내라고. 그러지 않으면 우리 부부 역시 곤란해질 거라고.

남편은 나보다 더 이곳 생활에 만족해왔기에 여자 때문에 시끄러운 것을 도저히 참지 못하게 되었다. 남편은 여자에게 인제 그만 돌아가달라고 말했다. 시골 텃새가 만만치 않은데 줄곧 일이 불거진 채 있으니 모두가 불편하다며 건조한 어조로 말했다. 여자는 이미 집을 정리하고 왔기 때문에 갈 곳도 없지만 못 살 곳이 어디 있느냐며 언성을 높였다. 그렇게 불편하다면 내 집이 완공될 때까지 이 집에서는 나가주마, 했다. 모자 사이에 끈이 거의 끊어질 위기에서 나는 방관자로 버티고 있었다.

간다던 여자는 며칠째 의뭉스럽게 버티고 있었다. 그 며칠간 여자는 매일 짓다 만 자신의 집으로 향했다. 얼핏 청소를 하는 듯 보였다. 밤새 눈이 내렸던 어느 날도 여자는 그 집으로 가서 눈을 쓸어냈다. 사람이 살지 않는 집 마당으로 길을 트며 쌓인 눈을 털어냈다. 낙상이 두려운 노인들은 겨우내 구들장을 이고 있었고, 따라서 동네에 사람의 움직임이라곤 찾을 수 없이 정적이었다. 여자만이 매일 눈길에 발자국을 남기며 그 집과 우리 집을 오고 갔다.

눈은 하염없이 내렸고 세상은 도화지처럼 새하얀 채로 시야를 덮었다. 이곳에 살면서 새로운 삶을 그려볼 수 있을 것만 같았다. 너무도 두려웠던 세상 사람들과의 관계. 가난한 미혼모에게서 태어나 사랑에 굶주려야 했던 어린 날의 나에게 자존감은 없었다. 엄마는 나를 포기하거나 버리지 않았다. 다만 방치했다. 방치된 어린 여자아이는 성인 남자에게 쉬운 먹잇감이었다. 슬픈 기억들은 노동맥 위 흉터처럼 자리 잡았다. 그 사실들을 여자가 알 리 없다고 생각했다. 그런데도 여자는 다 아는 듯 굴었다. 정말이었다. 여자는 다 알고 있었다. 예비 며느리에 대해 별다른 설명이 없는 아들을 대신해 내 뒷조사를 했던 것이다.

예민하게 바라보던 여자의 눈빛을 잊을 수가 없다. 내가 더럽고 천박하다는 양 바라보던 시선과 다 알고 있으니 까불지 말라는 듯 얄팍한 미소. 도리질할 때 헝클어지던 여자의 머리카락마저 내 안에 어떤 수치심을 불러일으켰다. 여자가 그럴수록 나는 더 숨고 싶었다. 여자의 아들과 함께. 당신에게서 영원히. 그런 기억들을 여기서 모두 지워버릴 수 있을 것 같았다. 이렇게 많은 눈을 본 적이 없고 이렇게 눈이 아름다운 건지도 모른 채 살아왔다. 며칠째 눈이 세상을 삼키고 있었다.

눈에 너무 심취했던 탓일까. 겨울이면 한 번씩 호된 몸살 감기를 앓아오긴 했지만, 전에 없이 증세가 심각했다. 어지럽고 만신이 쑤셨다. 남편이 아침 일찍 읍내에 있는 병원에 데려다주었다. 진료하던 의사는 내게 약이나 주사 따위의 처방 대신 산부인과 진료를 권했다. 설마. 우리는 두 달 전부터 내 배 속에 아이가 있었다는 사실을 알게 되었다. 남편은 생각보다 더 기뻐했다. 찢어지는 입으로 고맙다는 말을 연발했다. 고마운 일인가. 집으로 돌아가는 길에 만난 경아상회 아주머니는 노인들만 살던 케케묵은 마을에 아기 울음소리가 들리겠다며 자기 손인 양 덕담도 잊지 않았다. 하루하루 행복이 충만했다. 괜스레 내 허리를 감싸며 집으로 들어선 남편은 여자의 방문을 힐끗거렸다.

"어머니 신경 쓰지 말고 편하게 지내야 해. 이제 곧 떠나실 분인데 굳이 가시란 말도 못 하겠고…… 그래도 불편하면 언제든지 얘기해. 무슨 말인지 알지?"

남편이 어떤 염려를 하는 것인지 모르지 않기에 남편의 그런 태도에 내심 안도가 되었다. 남편은 다시 여자의 방문을 힐끗거렸다. 여자의 반응이 궁금한 나도 여자의 방문을 힐끗거렸다. 여자의 반응에 따라 내 마음이 어떨지도 궁금했다. 그러나 여자의 방문은 오랫동안 굳게 닫혀 있었다. 닫힌 여자의 방문을 뒤로하고 나는 투명한 거실 창문 너머를 바라보았다. 바깥세상은 여전히 하얗고 깨끗했다. 저 깨끗한 눈의 기운을 받고 생겨난 내 아기는 세상 누구보다도 맑고 투명하리라.

점심시간이 다 되어 부엌으로 들어서려다가 온종일 여자를 보지 못한 것 같아서 조금 궁금해졌다. 걱정이었는지도 모르겠다. 노크해도 아무 소리가 없자 방문을 열고 들여다보았다. 이불과 옷가지, 화장품, 가방 등 여자가 쓰던 용품들은 그대로 자리했고 여자만 보이지 않았다. 또 저 집에 갔나?

여자는 그렇게 홀연히 사라졌다. 갈 곳이 없다던 여자는 아무것도 챙기지 않고 빈 몸으로 사라졌다. 하물며 여자의 휴대폰도 이불맡에 놓인 채였다. 간밤에도 긴 눈이 내려 밖은 눈밭이 되었는데 여자는 내내 소식이 없었다. 나는 불안한 마음에 여자의 새집으로 갔다. 여자는 없었다. 남편은 여기저기 전화를 퍼부었다. 여자는 어디에도 가지 않았다. 나는 실종 신고를 했다. 날씨가 이러한데 병에 걸린 노모의 행방을 알 수가 없다고. 전화를 끊고 나니 암에 걸린 게 확실한지 알 수 없어서 마치 허위 신고를 한 느낌이었다. 신고를 받은 경찰은 살던 데로 가시지 않았겠냐며 하루만 기다려보자고 했다.

날이 밝자 남편은 여자가 갈 만한 곳으로 여기저기 차를 몰았다. 여자는 어디에도 없었다. 어디로 숨어버린 것일까. 은행으로 가서 여자의 계좌를 추적했다. 현금을 찾은 흔적도 없고 카드 사용 내역도 깨끗했다. 여자의 휴대폰은 며칠째 스팸 전화 한 통 오지 않은 상태였다. 늦은 밤 집으로 돌아온 남편은 샤워하며 큰 소리로 울었다. 진짜든 아니든 여자가 폐암이라는 사실을 상기하고 나니 나 역시 죄책감이 일었다. 그러나 나는 여자의 실종보다도 내 남편의 울음이 더 가슴 아팠다.

여자의 실종이 기정사실이 된 다음 날, 나는 여자의 집으로 향했다. 이미 남편의 손을 거치긴 했지만, 집에서 두 손 묶고 기다리기만 했던 아내로 남고 싶지 않았다. 남편의 만류에도 나는 집을 나섰다. 쓰레기로 더러웠던 마당은 눈으로 뒤덮여 새집같이 말끔해 보였다. 무엇인가를 지으려 했던 가건물은 눈의 함량을 못 이겨 내려앉아 있었다. 뿌리째 누워 있던 나무는 이미 그 형체도 없이 눈 속에 잠자고 있었다.

나는 미끄러지지 않도록 조금씩 잔걸음으로 현관을 향해 걸었다. 현관문을 열려는 찰나 뒷골에서 우당탕하는 소리가 들려 하마터면 난간에 머리를 찧을 뻔했다. 아직 배가 나오지 않았으니 임신했다는 사실을 연방 잊고 있었다. 뒤를 돌아보니 이미 한 차례 무너진 가건물에 남아 있던 기둥이 내려앉았다. 놀란 가슴을 움켜쥐고 자세를 바투 잡으려는데 어딘가에서 방울 소리가 들렸다. 잘못 들은 건가 싶어 숨을 죽이고 기다리자 다시 한번 방울 소리가 들렸다. 나는 그 자리에 미끄러져 주저앉아버렸다. 가건물이 무너져 내린 곳에는 합판과 나무, 주물 등이 눈과 뒤엉켜 있었다. 햇살과 마주친 주물에 번쩍 섬광이 휘돌았는데 그것은 마치 어디선가 나를 노려보는 여자의 눈빛 같았다. 그리고 그 언저리에서 다시 한번 방울 소리가 들렸다.

딸랑딸랑.

남편은 수건을 뜨겁게 데워다가 놀란 다리 근육을 풀어주었다.

"병원 안 가봐도 되겠어? 그러게 가지 말라니까……."

남편은 뜨거운 수건을 조물조물하며 부드럽게 마사지했다. 그날 나는 끝내 한숨도 자지 못했다. 남편에게 방울 소리에 관해서 아무 말도 하지 않은 채 다음 날도 그다음 날도 그 집에 갔다. 그리고 갈 때마다 방울 소리를 들었다.

딸랑딸랑.

간밤에 눈이 더 내려 무너졌던 가건물의 형체는 눈 속에

완전히 덮여버렸다. 저 속에 여자가 있을까? 나는 그저 흔한 방울 소리를 들은 것뿐이다. 아니다. 저 안에 여자가 있을 것이다. 여든의 병든 노인이 최악의 겨울 날씨에 빈 몸으로 나가선 돌아오지 않는다면 근처에서 사고를 당한 게 틀림없지 않을까. 게다가 여자는 매일 그 집을 드나들었고 무엇보다도 방울 소리. 여자의 손목에 언제나 망측하게 늘어져 있던 그것. 무당집에 온 것 같다며 내가 얼마나 싫어한 소리였던가.

딸랑딸랑.

삼사 일이 지나고 나서부터는 방울 소리조차 들리지 않았다.

여자는 아직 내 앞 어딘가에 있을지도 모른다. 작정하고 숨어버린 여자는 머리카락 한 올도 보이지 않지만, 여자는 분명히 우리 마을 어디에 있다. 송장이든 사람이든 이곳에 존재한다는 것만은 분명하다. 반드시 그래야 한다. 내가 아는 곳에, 나만이 아는 곳에 여자가 존재하길 바란다. 나는 숨을 죽여 방울 소리를 좇는다. 고요하다. 아무 소리도 들리지 않는다.

저 멀리 남편의 목소리가 날아든다. 남편은 여자를 버리고 나와 배 속의 아이를 안고 집으로 돌아갈 것이다. 숨어 살기 좋은 집에서의 부재는 아주 잘 어울리는 조합이다. 얼마든지 부재해도 마땅한 이유가 가득하다. 그래서 이곳이 더욱 마음에 든다. 여자의 아들이 나의 손을 잡는다. 딸랑. 나는 놀라서 뒤를 돌아본다. 고양이 한 마리가 역광에 번뜩이는 눈빛으로 교태를 부리며 지나간다.

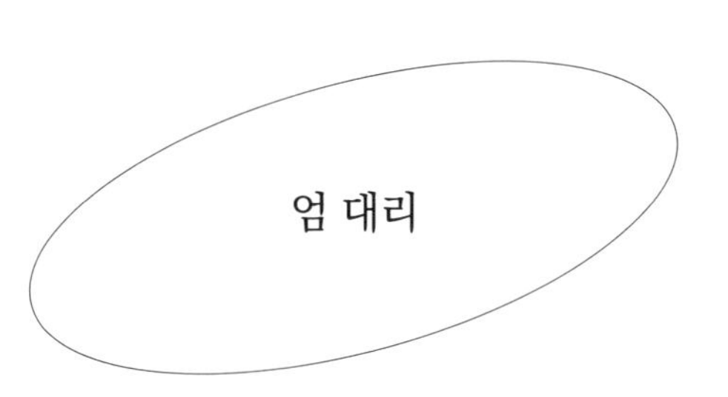
엄 대리

달갑지 않은 회식 소식이다. 끊임없이 강행되는 야근으로 직원들 모두 지칠 대로 지쳤으므로 회식 메뉴가 꽃등심이나 바닷가재라도 가고 싶은 마음이 생기지 않을 상황이다. 심지어 한 달 만에 쉬는 주말인데 금요일에 회식이라니. 업무 시간 외 강제 회식은 직원들 개인의 인격을 침해하는 불법 행위가 명백하다지 않던가. 회식 강요가 원인이 되어 자살에까지 이른 한 직장인에 대해 법원이 업무상 재해로 인정한 판례도 있다. 그 신문 기사를 캡처해서 사무실에 퍼트렸던 엄 대리가 가장 먼저 외투를 걸친다. 싫어도 가야만 한다. 통장에서 단 하루도 버티지 못하는 월급을 위해. 나이 들어 이직 자리도 없는데 일 잘해서 불안하게 만드는 인턴들 때문에. 하나둘 자리에서 일어나 엄 대리의 뒤를 따른다.

검게 그을린 불판 위로 삼겹살이 타들어가고 있어도 누구 하나 선뜻 집게를 들어 뒤집어볼 마음이 일지 않는다. 그저 삼겹살은 돼지 뱃살이요, 소주는 쓰디쓴 액체에 지나지 않아 식욕을 불러오거나 입맛을 당기지 않는 상태다. 그나마 음식은 있을 때 먹어둬야 한다는 신조를 지니고 사는 일부 자취생과 홀아비들이 눈치를 보며 젓가락을 든다. 이 중 두 가지 모두에 속하는 이혼남 엄 대리는 당당하게 상추쌈을 싸서 우걱우걱 입안 가득 집어넣으며 부지런히 소주잔을 채운다.

흡사 조문객들이 모인 게 아닌가 싶을 만큼 침울한 분위기에 머쓱해진 사장은 젓가락으로 테이블을 두어 번 내리치며 주목을 요한다. 누적된 피로에 이미 반쯤 혼이 나간 직원들은 삐거덕 목을 돌려 빈 눈동자로 사장을 주시할 뿐이다. 음, 음. 평소 습관대로 목소리를 가다듬던 사장은 근엄하게 말을 시작한다.

"그동안 불철주야 주말도 반납한 채 회사를 위해 일한 여러분의 노고에 깊은 감사를 표하며, 작지만 보상이 될 만한 선물을 하나씩 준비했습니다."

사장의 오른손이 재킷 안주머니로 향하자 몇몇 직원들의 눈동자가 희미한 기대에 부풀기 시작한다. 마치 슬로 커팅

된 영상처럼 사장의 오른손은 기품 있고 느긋하게 주머니에서 빠져나오며 하얀 봉투를 보란 듯이 끌어낸다. 직원들은 마술을 보듯 봉투에 시선을 빼앗긴다. 볼이 미어터지게 쌈을 욱여넣던 엄 대리도 눈을 휘둥그레 뜨며 사장의 손끝을 주시한다. 직원들의 이목이 쏠린 것을 알아차린 사장은 꺼낸 봉투를 턱 하니 테이블 위에 올린 다음 못된 송아지 엉덩이 두드리듯 손바닥으로 봉투를 톡톡 두드린다.

"음, 음. 뭐 저는 그렇습니다. 인생에서 중요한 게 물질이냐, 돈이 전부냐 하겠지만 글쎄요…… 여러분이 이렇게 고생하는 것이 어찌 보면 다 그 돈 때문이 아니겠습니까?"

사장의 말 사이를 비집고 아이고, 암요, 그렇죠, 하는 목소리가 들린다. 혹시나 보너스라도 하사하실까 싶은, 기대에 찬 추임새다. 여직원들은 이미 뭔가를 받기라도 한 것처럼 서로의 팔을 마구 때리며 어떡해, 어떡해, 호들갑을 떤다. 만년 대리나 나이 지긋한 과장도 체면 불고 입꼬리가 올라가는 건 어찌할 수 없는지 자꾸만 빙그레가 된다. 그래, 그 정도 야근을 했으면, 그 정도 매출이 올랐으면 보너스 한번 풀어야지, 암. 엄 대리도 설레긴 마찬가지지만 당연한 처사라 여기며 소주를 훅 털어넣는다.

"음, 음. 저는 그래서 그것과 또 하나. 우리 삶에 참으로 없어서는 안 될 희망! 그것 두 가지를 한 방에 준비했습니다. 해서, 아무쪼록 여러분이 지친 일상에 활기를 좀 찾으시길 소망하겠습니다."

말을 끝낸 사장이 봉투를 돌리자 여기저기서 흥분한 목소리가 들린다.

– 아이고, 필요하지요, 활기!

– 희망, 희망이래. 어머 어떡해. 진짠가 봐.

– 입사한 지 사 년 만에 사장 마음에 들긴 처음이네.

– 사장님, 싸랑합니다!

한겨울 밤공기가 살을 파고들었다. 사장은 민첩하게 가장 먼저 자리를 떴고 여직원 몇은 떼 지어 택시를 탔다. 서른다섯 동갑내기인 엄 대리와 손 대리는 콜택시를 기다리고 정수리까지 두피가 드러난 김 과장은 대리기사를 기다리는 중이다. 내내 사무실에만 있어서 내복을 챙겨입지 않은 엄 대리는 추위가 뱃가죽을 뚫을 것만 같다. 돼지기름을 그렇게 집어넣었는데 왜 추운 거야. 소나 좀 사주던가, 젠장. 제법 큰 엄 대리의 혼잣말이 밤공기에 꽁꽁 얼어붙는다. 모두 침묵하며 선 거리에서 날카로운 겨울바람이 민망한 듯 반대편으로 달아난다. 대리기사가 도착하자 김 과장은 떠나고 엄 대리와 손 대리는 나중에 도착한 콜택시에 오른다.

“내 그럴 줄 알았어. 스크루지가 총 맞았냐, 돈을 내놓게?”

“됐어. 난 기대도 안 했으니 실망도 안 한다. 나는 어서 돈 모아 아들내미 있는 필리핀에 가련다.”

“보고 싶냐?”

“그럼 안 보고 싶냐?”

“아들 말고 마누라.”

“이혼남 생각에는 어떨 것 같냐?”

“됐다. 대답하지 마라.”

두 사람은 각각 왼쪽과 오른쪽 창밖을 내다보며 키득키득 소리 내 웃는다. 웃다가 엄 대리는 잠깐 전처가 떠올랐지만 외면하듯 다시 사장 얘기를 불쑥 뱉는다.

“그래도 야, 이건 아니지 않냐?”

“좋게 생각해. 자기도 미안하니까 그런 이벤트를 준비한 거 아니겠냐. 뭐 혹시 알아? 네가 일등에 당첨이라도 될지?”

“칫! 신춘문예 삼관왕이 빠르겠다.”

“그러게. 넌 이제 소설은 아예 접은 거야?”

소설이라는 단어에 엄 대리의 아랫배가 낡은 버클 아래로 축 늘어진다. 엄 대리는 돼지기름으로 가득 찼을 자신의 배를 오른손으로 쓱 문지르며 창밖을 본다. 밤거리에는 기름진 안주와 알코올로 내장을 가득 채웠을 사내들이 위태로운 걸음으로 추위 속을 헤매고 있다. 사내들은 엄 대리처럼 배가 토실 나왔거나 손 대리처럼 앙상하다. 토실과 앙상의 차이. 엄 대리는 자신의 배가 언제부터 나왔는지 곰곰이 생각하다가 소설을 접은 게 언제였는지 미련하게 짚어본다. 대학 일 학년 때 신춘문예로 등단한 엄 대리는 같은 과 후배였던 전처에겐 동경의 대상이었다. 전처는 엄 대리가 작가의 길을 걸을 수 있도록 물심양면으로 지원하고 응원해주었다. 그러나 엄 대리는 생업을 택할 수밖에 없었다.

이혼하기 전까지는 엄 대리도 제법 앙상 축에 들었다. 결혼하고도 한동안 소설을 계속 썼던 건 전처 덕분이었고, 이혼 후에 소설을 접고 배가 나오기 시작한 것도 자신을 떠난 전처 때문이었다. 아니다. 그건 비약일 수 있다. 누군가의 부재로 인한 변화는 핑계일 뿐이다. 그러나 분명한 것은, 이혼하지 않았다면 엄 대리의 배가 이토록 거만하게 변하지 않았을 거란 사실이다. 엄 대리는 손 대리를 쳐다보다가 문득 그가 앙상하게 마른 것은 그의 아내가 아들을 데리고 필리핀으로 가버렸기 때문이라고 생각한다. 남자들이란 혼자서는 자기 배도 하나 관리할 수 없는 존재라고 생각하던 엄 대리는 자신의 꿈도 전처에게 길들여진 게 아니었을까 하는 생각이 들자 오소소 닭살이 돋는다.

각자 다른 방향으로 고개를 돌리고 있던 엄 대리와 손 대리가 갑자기 마주 본다. 시선이 마주친 두 사람은 약속한 듯 룸미러에 비친 택시 기사를 바라본다. 반백의 머리카락이 풍선처럼 부푼 택시 기사가 아까부터 흐느끼고 있는 것 같다. 저대로 앞이 보일까 싶을 만큼 눈동자가 흥건하다. 당황한 손 대리가 엄 대리의 옆구리를 슬쩍 건드리자 엄 대리가 눈치를 살피며 말을 건넨다.

"저기…… 기사님. 혹시 저희가 무슨 실수라도?"

택시 기사는 눈가를 훔치며 손사래를 친다.

"아이고, 아닙니다. 죄송합니다. 방금 내린 손님 때문에 모친 생각이 나서 그만……."

손님이 가장 싫어하는 택시 기사의 유형을 조사한 결과에서 1위는 난폭운전도 우회도 아닌, 말하기 싫은데 하게 만드는 기사였다. 그러나 그런 택시 기사를 대하는 손님의 유형은 다양하다. 예컨대, 싫지만 억지 춘향 고분고분하게 굴다가 내리고 욕하는 사람이 있는가 하면, 처음엔 귀찮아하다가 어디서부턴가 빠져들어 대화하는 사람도 있다. 드물지만 손님 쪽에서 먼저 대화를 이어가는 경우도 간혹 있다. 엄 대리는 제일 후자에 속한다. 후자 중에서도 오지랖이 참 넓은 후자다. 손님을 태우고 생뚱맞게 눈물 흘리는 택시 기사의 사연이 엄 대리는 상당히 궁금했으므로, 그들의 대화는 엄 대리의 주도하에 길게 이어졌다.

택시가 목적지에 도착했을 때, 엄 대리는 택시 기사와 함께 흐느끼는 중이었다. 그런 엄 대리가 민망한 손 대리는 만 오천 원이 찍힌 미터기를 주시하며 지갑을 찾는다. 지갑이 든 가방을 차 안에 두고 회식을 하러 갔던 것이 떠오른 손 대리는 여전히 흐느끼고 있는 엄 대리의 옆구리를 툭툭 치며 택시비나 계산하라고 말한다. 눈물 젖은 손으로 지갑을 연 엄 대리의 눈에 만 원권 지폐 한 장이 '존시의 마지막 잎새'처럼 강건하게 버티고 있다. 엄 대리는 잔액이 얼마 없을 체크카드를 내밀며 결제가 될지 모르겠다고 말한다. 감정에 젖어 있던 택시 기사는 그냥 있는 현금만 주고 가라며 선심을 쓴다.

"만 원밖에 없는데……."

엄 대리가 중얼거리자 택시 기사는 눈물을 훔치며 고개를 끄덕인다. 만 원을 건네고 내리려던 엄 대리는 아까 사장한테 받은 복권을 내민다.

"차액으로 복권 하나 샀다고 생각하세요."

월요일 아침. 회식 이후로 사무실 분위기는 더욱 살벌해졌는데 느지막하게 출근한 사장이 한껏 들뜬 목소리로 정적을 깬다.

"음, 음. 거 주말에 번호들 맞춰봤나?"

아무도 대답하지 않는다. 누가 무어라 대답할 것인가. 맞춰보기는 개뿔, 하고 모두가 표정으로 말하고 있다. 사무실 분위기는 오래된 냉동고에 낀 성에처럼 냉랭하기만 하다. 직원 중 몇은 사장을 피해 화장실이나 탕비실로 향하고 무안해진 사장은 더 큰 목소리로 말을 계속한다.

"아니 글쎄, 그날 내가 산 복권 스무 장 중에 한 장이 일등에 당첨됐지 않았겠어요? 내 혹시나 해서 복권 번호들을 사진으로 찍어놨지. 도대체 누굽니까? 네?"

사장의 말이 끝나기가 무섭게 일이 초 정적이 흐른다. 곧이어 모두가 일사불란하게 지갑을 뒤지고 주머니를 뒤지고 집에 전화하고 야단법석이다. 사장을 피해 사무실을 나갔던 직원들이 다급하게 자리로 돌아온다. 사무실은 순식간에 아수라장이다. 외투와 지갑을 탈탈 털던 엄 대리의 뇌리에 그날 밤 택시가 떠오른다. 아…… 이런! 왜 그랬을까. 어째서 그런 짓을 했단 말인가. 엄 대리는 자신이 한 행동이 생애 최고의 실수일지도 모른다고 생각하며 손 대리에게 달려간다.

"우리 그날 밤 탔던 택시가 무슨 택시지?"

"그걸 어떻게 아냐."

"잘 생각 좀 해봐! 그 택시 누가 부른 거야? 그 고깃집에서 불러준 건가?"

"어이, 엄 대리. 너 아니야. 미련을 버려. 너답지 않게 왜 그래."

"아닌지 긴지 손 대리가 어떻게 알아. 젠장, 그 노인네를 어디서 찾지?"

"거참. 찾아봐야 헛수고라니까."

"네 복권은 어쨌어?"

"난 이미 확인했지. 본전도 안 되더라."

엄 대리는 본전도 안 되더라, 라고 말하면서 자신의 시선을 피하는 손 대리를 보았다. 왠지 모르게 당당해지려고 애쓰는 느낌이 역력한 손 대리를 의심스러운 눈빛으로 바라본다. 점심시간이 임박해 직원들이 하나둘씩 자리를 비우기 시작하자 손 대리도 겉옷을 손에 들고 사무실을 나간다. 그날 간 고깃집에 가보자고 부탁하는 엄 대리에게 약속이 있다며 그대로 나가버리는 손 대리가 아무래도 평소 같지 않다.

엄 대리는 몹시 의심쩍은 손 대리 뒤를 밟는다. 아니나 다를까, 손 대리가 은행으로 향한다. 손 대리의 여동생이 근무하는 은행이다. 엄 대리는 살짝 느슨해지려던 의심의 끈을 바투 부여잡는다. 점심시간에 여동생을 만나러 은행까지 올 리가 없다. 손 대리와 그의 여동생 사이가 남보다 못하다는 것을 엄 대리는 잘 알고 있다. 심지어 그 은행은 복권 당첨금을 배당하는 곳이다. 우연일까. 도대체 은행엔 무슨 일일까.

은행 건물 코너에서 연신 줄담배를 태우며 초조하게 기다리던 엄 대리는 손 대리가 복권에 당첨되었을지도 모른다는 확신이 부풀기 시작한다. 아니라면, 신용불량자가 점심도 먹지 않고 은행에 볼일을 보러 갈 일이 없다는 생각이다. 그것도 하필 의심하기 적당한 오늘 같은 날 말이다. 엄 대리는 은행에서 빠져나오는 손 대리 앞을 가로막으며 딱 걸렸다는 표정을 지었고, 소신 있게 짝다리를 짚으며 허리에 손을 올리는 행위로 확신을 드러내었다.

"야, 너 지금 나 미행한 거냐?"

두 사람은 편의점 앞 파라솔 아래 앉았다. 여전히 화가 난 것 같은 손 대리는 필리핀에 있는 아내와 아들에게 보내야 할 돈이 부족해서 대출을 받으러 왔다고 말한다. 아들이 봄이면 중학교에 입학한단다. 손 대리는 엄 대리의 행동이 씁쓸하고 슬프다고 말하며 씁쓸하고 슬픈 것 같은 표정을 짓는다. 대출이라. 신용불량자가 대출이라. 엄 대리는 입가에 터지는 비웃음을 감당할 수 없어 입술을 앙다문다. 아들이 중학생이 되는 것도 알겠고 돈이 부족한 것도 알겠는데, 대출이라. 의심을 놓지 못하는 엄 대리가 뱁새 같은 눈빛으로 쳐다보자 손 대리는 크게 한숨을 내뱉는다.

손 대리는 아내 명의로 된 아파트를 담보로 대출을 냈다며 대출증서를 보여준다. 미안해질지도 모르지만, 엄 대리는 일단 대출증서를 확인한다. 손 대리 아내의 이름과 여동생의 이름이 찍혀 있다. 그러잖아도 살기 팍팍한데 그냥 다 때려치우고 아들 곁으로 가고 싶다고 말하는 손 대리가 다시 한숨을 쉰다. 엄 대리는 살짝 무안해진다. 엄 대리도 손 대리 형편을 모르는 것은 아니다. 그러나 형편이 어렵다고 돈벼락을 맞지 말라는 법은 없는 것 아닌가. 엄 대리는 손 대리가 자신의 입장이었어도 백 번 의심했으리라 합리화하며 편의점 안으로 들어간다. 잠시 후 엄 대리는 손 대리 앞에 삼천팔백 원짜리 백종원 도시락을 내민다.

여전히 회사 내부엔 당첨자가 없는 것 같다. 복권 대부분을 회수해서 직접 확인까지 한, 치밀한 엄 대리다. 손 대리도 아니고 누군가 당첨이 되었다면 이 지긋지긋한 야근을 하고 있진 않을 텐데 모두 하품을 해가며 자리를 지키고 있다. 그렇다면 택시 기사에게 줘버린 엄 대리의 복권이 일등일 확률이 크다는 기대가 결코 터무니없는 생각은 아니다. 그렇다면 찾아야 한다. 일생일대 다시 오지 않을 일인 것이다. 인공관절 수술을 해야 하는 홀어머니가 떠오르고 여동생 셋이 아직 시집을 안 갔다는 사실에 엄 대리는 팔을 걷어붙인다. 그래, 언젠가 전처는 말했지. 인생이란 가끔 요행도 바라며 사는 거라고. 암, 인생이 그런 거지. 심지어 나에겐 빚이 있잖아. 나는 장남이고 가장이잖아. 엄 대리의 눈동자가 발광하는 하루살이처럼 요리조리 빛을 뿜는다.

야근을 끝낸 엄 대리는 그날 회식했던 고깃집을 찾아가 카운터에 있는 콜택시 명함을 모조리 들고 왔다. 회식 때마다 그랬듯이 그날도 분명히 고깃집에서 콜택시와 대리기사를 불러주었을 것이다. 명함은 총 일곱 장. 한 곳씩 전화하며 그날, 그 시각, 그 고깃집에서 콜을 받았던 '월남한 택시 기사'를 수소문하기 시작했다. 엄 대리는 자신의 오지랖을 깊이 칭찬하며 찾을 수 있다는 확신이 생겼다. 일곱 군데의 택시 회사 중에서 월남한 기사를 찾는 것보다 쉬운 일이 있을까. 그러나 일곱 군데에서 똑같은 대답이 날아왔다. 그런 기사는 없다는 단호한 답변이었다. 예상하지 못한 것은 아니었다. 복권에 당첨된 자라면 으레 신변 정리를 하지 않겠는가. 그렇다고 포기할 엄 대리가 아니다. 엄 대리는 그날 택시 기사에게 들은 눈물겨운 사연들을 떠올린다.

설날 아침, 엄 대리는 양양의 삼팔선휴게소에 서 있다. 생사도 모르는 부모님이 북에 계셔서 명절이면 삼팔선 인근까지 가 절을 하고 온다고 했던 택시 기사의 말을 기억한 결과다. 양양의 삼팔선휴게소가 자신에게는 마치 본가 같다던 말도 기억한다. 올지 안 올지는 모른다. 그 복권이 일등인지 아닌지도 모른다. 다만, 노력은 해봐야지. 노력 없이는 인생에 어떤 것도 얻을 수가 없다. 만약 그 복권이 일등이 아니라고 해도 끝까지 노력은 해봐야 미련이 남지 않을 것이다. 전처는 항상 노력이 부족하다는 말로 바가지를 긁지 않았던가. 뭐든 쉽게 포기해버리는 엄 대리에게 제발 무언가에 집요해져보라고 충고도 했다. 그러나 지금은 노력의 문제가 아닌 것 같다. 운, 천운이 당도한 것이다. 노력의 문제가 아니라 운을 잡느냐 마느냐의 문제인 것이다. 아무래도 그 복권이 일등일 거라는 기대를 버릴 수가 없다.

추위와 막연한 기다림은 허기를 불러온다. 종일 굶은 엄 대리는 편의점에서 컵라면을 사면서도 주차장을 주시한다. 라면을 입안에 집어넣으면서도 치켜뜬 두 눈은 오직 주차장으로 향한다. 배도 채우고 운도 놓치지 않을 거라 다짐하며 야무지게 면발을 씹는다. 그때 주차장에 주황색 택시 한 대가 선다. 그날 그 택시가 분명하다. 그런 건 그냥 느낌으로 알 수 있다. 반쯤 입에 넣었던 면발을 다시 뱉어낸 엄 대리는 빛의 속도로 달려나간다.

저기 눈앞에서 택시 기사가 내린다. 잿빛 곱슬머리, 뿔테 안경, 넙데데한 얼굴과 볼록 나온 뱃살. 그 사람이 확실하다. 그날 본 것과는 다르게 멀끔하게 차려입은 모습이 마치 돈벼락이라도 맞은 사람처럼 보인다. 아들인 듯 보이는 중년의 사내도 어딘가 모르게 번지르르한 행색이다. 편안하고 행복해 보이는 두 남자의 피사체가 점점 줌인 되어 날아온다. 엄 대리는 삼팔선을 뚫을 기세로 그들을 향해 돌진한다.

"그날 그 복권 어딨어요? 네?"

다짜고짜 달려드는 엄 대리한테 놀란 택시 기사가 버럭 화를 낸다.

"뭐야? 이 사람이 왜 이래!"

"복권! 내가 준 복권 어쨌냐고! 그거 일등 맞지? 당신 이미 당첨금 받았구나? 그렇지?"

"무슨 소릴 하는 거야? 아, 이 사람 인제 보니, 그……."

택시 기사는 다행히 엄 대리를 기억했다. 복권도 기억했다. 다 기억했지만 엄 대리가 준 그 복권의 당첨 여부는 모른다고 말한다. 심지어 복권을 받은 그날 다른 사람에게 줘버렸다는 신빙성 없는 소릴 지껄이며 당첨이 확실치도 않은 복권 때문에 여기까지 자신을 찾으러 왔다는 사실에 기가 막힌 듯 계속 헛웃음을 내보인다. 엄 대리의 눈에 그 웃음은 마치 남의 복권으로 부자가 된 사람이 뱉는 조롱 같다.

"웃기고 있네. 일등이야, 분명해! 당신 행색이 지금 그렇다는 걸 말해주잖아! 그날 당신은 분명히 형편이 굉장히 어렵다고 말했어! 이 차림은 뭐야!"

"뭐 이놈아? 그럼 명절에 부모님 뵈러 오면서 추리닝 입고 오냐? 이 호랑 말코 같은 놈아!"

엄 대리는 택시 기사의 멱살을 잡다가 떠밀려 넘어지고 택시 기사의 아들한테 한 대 얻어맞고도 득달같이 다시 달려든다. 엄 대리의 너절한 행동이 멈출 기미가 없자 택시 기사는 졌다는 듯 실토한다. 그 복권을 택시 회사 바로 옆 세븐일레븐에서 일하는 알바생에게 줬으니 거기 가서 알아보라고. 젊은 사람이 열심히 사는 게 기특해서 행운을 선물했다나? 이런 썩을 오지랖은!

"그게 사실인지 아닌지 내가 어떻게 믿지?"

흥분한 엄 대리가 택시 기사에게 묻자 부정할 수 없는 기막힌 대답이 돌아온다.

"지금 자네는 믿을 수밖에 없지 않겠나?"

그 말이 꼭 맞아서 엄 대리는 온몸에 기운이 쭉 빠진다. 찬바람은 먼지를 싣고 엄 대리의 얼굴을 정면으로 들이받는다. 머리카락이 제멋대로 휘날리다가 얼굴을 덮친다. 앞이 보이지 않는다. 상심한 엄 대리 앞으로 다가선 택시 기사가 나지막이 말한다.

"행운을 비네."

엄 대리는 세븐일레븐을 찾아 나서기로 한다. 여기까지 왔는데 안 가보기도 찝찝하다. 다행히 그 알바생이 새벽에 근무한다고 하니까 만날 수 있는 시간은 충분하다. 당일에 서울에서 양양, 양양에서 서울까지. 엄 대리는 복권의 행방이 묘연할수록 그것이 일등이라는 확신을 지울 수가 없다.

세븐일레븐 앞에 도착한 엄 대리는 한참을 망설인다. 들어가서 다짜고짜 뭐라고 말해야 할지 난감한 나머지 편의점 앞을 기웃대기만 한다. 편의점을 들고 나는 손님들이 이상한 눈초리로 쳐다본다. 엄 대리는 소심하게 편의점 문을 살짝 들이민다. 그러다 깜짝 놀라 물러선다. 잘못 본 것일까? 이 근처에 사나? 엄 대리는 똥 마려운 강아지처럼 우왕좌왕한다.

편의점에는 하필 전처가 카운터를 보고 있다. 당황한 엄 대리는 전처를 만난 것만도 멋쩍은 상황인데 복권 얘기를 해야 하나 말아야 하나 망설인다. 망설이지 말자. 뭐, 어차피 남남인데. 지금 중요한 건 그게 아니니까. 일등일 확률에 가까운 복권이 바로 코앞에 있는데 자존심이 대수랴. 오히려 전처한테는 더 부끄러울 것도 없는 처지다. 그래. 생판 모르는 남보다 오히려 나을지도 모른다. 이해해줄 거다. 이해해줄 여자다. 엄 대리는 마음을 다잡고 편의점 안으로 들어선다.

"어떻게 지내?"

바코드를 찍으며 계산을 하던 전처는 엄 대리의 등장에 적잖이 당황한 듯 보인다.

"보시다시피 시간당 최저임금 받으며 알바하고 있어."

"요즘 글은 안 써?"

"쓰니까 이 모양으로 살지."

"이 년 만인데 왜 이리 차갑게 그러냐?"

"글 쓰냐고 묻는 게 웃기잖아. 당연한 걸 왜 물어? 뭐야? 어쩐 일이야? 안부나 물으러 올 사이는 아니잖아."

"저기 말이야. 그게, 저…… 며칠 전에 말이야……."

"며칠 전에 뭐?"

자초지종을 다 들은 전처는 한동안 표정 없는 얼굴로 엄 대리를 쳐다본다. 실망을 넘어서 구질구질하고 한심하다는 저 표정. 점점 기억나는 저 표정. 아들이 번듯한 직장을 갖는 게 소원이라던 어머니의 뜻대로 취직했을 때도, 여동생들 학자금과 용돈을 짊어졌을 때도, 이제 소설 따위 평생 쓰지 않겠다고 말했을 때도 전처의 얼굴은 저 표정이었다. 그리고 엄 대리에게 이혼하자는 말을 꺼내면서도 저런 얼굴이었다. 저 표정을 또 보게 될 줄은 꿈에도 몰랐다. 그러나 정말 어쩔 수 없는 상황이므로.

엄 대리는 전처를 보다 말고 카운터에 진열된 애먼 라이터만 만지작댄다. 잠시 후 전처는 아무 말 없이 엄 대리에게 복권 하나를 내민다. 아직 깨끗한 상태로 보관된 엄 대리의 복권이다. 택시 기사의 말은 사실이었다. 엄 대리는 떨리는 손으로 복권을 건네받으며 심장이 요동치는 것을 느낀다.

"고마워……."

쭈뼛쭈뼛 복권을 받고 돌아서던 엄 대리가 번호를 맞춰보기 위해 스마트폰을 꺼내려 하자 전처가 한마디 비수를 꽂는다.

"등신."

복권 당첨 소동은 직원들의 사기를 북돋기 위해 사장이

벌인 해프닝으로 밝혀졌다. 그 사건은 마치 실감 나는 소설을 한 편 쓴 것 같은, 엄 대리 인생의 가장 큰 일탈이자 모험이었다. 직장에 회의를 느끼고 외로움에 몸서리치던 손 대리는 바라던 대로 사직서를 쓰고 처자식이 있는 필리핀으로 가버렸다. 그리고 남은 직원들은 다시 지긋지긋한 일상으로 돌아왔다. 엄 대리는 수당을 챙기기 위해 변함없이 잔업과 야근을 밥 먹듯 하며 전처가 일하는 편의점을 몇 번 기웃거리다 오곤 했다.

이혼 후 처음으로 어머니가 찾아왔다. 아들이 보고 싶어 왔다는 게 핑계라는 것쯤은 아무리 곰 같은 엄 대리도 안다. 어머니가 불편한 다리로 잔뜩 꾸려온 근심은 막내의 결혼 문제였다. 아직 나이도 어리고 두 언니가 미혼이지만 그렇다고 배가 불러오는 막내를 두고 볼 수 없는 일이라는 것. 어머니는 언제나 그렇듯 미안한 마음에 아들 얼굴도 제대로 보지 못한다. 속도위반이라 약소한 결혼식을 하게 되었지만 그래도 혼수로 천만 원 정도는 마련해줘야 하지 않겠냐고 조심스럽게 말하는 어머니의 표정은 못내 서글펐다.

이래저래 궁리하던 엄 대리는 대출을 받기로 하고 필리핀으로 간 손 대리한테 메일을 보냈다. 손 대리의 동생이 은행 직원이라는 게 기억이 나서 소개를 좀 받아볼까 해서였다. 전화번호를 모르니 메일밖에 방법이 없었다. 며칠 뒤에 전화가 왔다. 우선 손 대리는 엄 대리의 사정을 딱하게 여겼다. 손 대리는 자신이 돈을 융통해주겠다며 계좌번호를 달라고 했다. 필리핀에서 살 만해진 모양이었다. 엄 대리 입장에서는 마다할 이유가 없었다. 다음 날, 엄 대리의 통장에 천만 원이 입금되었다. 엄 대리는 기쁘고 고마웠지만 한편 어리둥절했다. 그리고 다시 전화벨이 울렸다.

"천만 원 보냈어. 천천히 형편 될 때 갚아. 꼭 무리해서 갚지 않아도 되고. 아, 그리고 여기 오기 전에 이 얘기를 꼭 하고 싶었어. 나는 엄 대리가 꿈을 잃지 않고 계속 글을 쓰길 바란다. 잘 지내."

엄 대리는 끊어진 전화기를 그대로 들고 넋이 나가 있다. 스마트폰의 가장 비인간적인 부분 중 하나는 통화가 끊어져도 끊긴 음이 나오지 않는다는 것이다. 뚜뚜…… 엄 대리의 귓가에 유선 전화기에서 나던 소리가 이명처럼 계속 울린다. 손 대리가 나한테 꿈 얘기를 다 하다니. 언제는 미련 갖지 말라고, 현실을 직시하라고 냉정하게 비난하던 놈이. 엄 대리는 삶에 여유가 생긴 듯 느껴지는 손 대리의 태도가 도무지 낯설기만 하다.

막냇동생 상견례가 있던 날. 식당 안으로 들어가려는 엄 대리를 막내가 불러 세웠다. 사돈 될 집안에 오빠가 이혼했다는 사실을 비밀로 해달라고 부탁하기 위해서였다. 옆에 함께 있던 첫째 동생이 자랑은 아니니까, 라고 말하자 뒤이어 둘째가 엄 대리의 엉덩이를 툭 치면서 오빠 내 결혼 때도 부탁해, 라고 말했다. 천만 원을 부탁한다는 건지, 이혼을 비밀로 해달라는 건지 모르겠지만 엄 대리는 상견례 내내 전처가 했던 말들이 떠올랐다. 장남이 호구야? 할 만큼 했다고 생각하지 않아? 소설 써도 죽지 않고 먹고살 수 있어. 내가 아르바이트 더 할게. 제발 포기하지 말아줘. 나는 선배 글이 좋아. 그래서 결혼했어.

그리고 마지막으로 들었던 말, 등. 신.

비 오는 날, 야근 중이던 엄 대리는 다이어리에 이것저것 낙서를 한다. 어떤 생각을 하든 시간은 가고 어떻게 살든 세월은 가지. 아내. 아니, 전처. 아내. 전처. 나, 등신. 가버린 것들에 관한 이야기와 오지 않은 것들에 관한 이야기 중 어떤 쪽에 승산이 있을까. 진눈깨비가 빗방울이 되어 힘없이 흩날리는 날씨가 이어지고 있다. 술에 취하기에는 애매하게 센티하고, 야외활동을 하기에는 모호하게 찝찝한 날씨. 글쓰기엔 더없이 좋은 날씨. 전처가 생각나는 그런 날씨.

까만 가방을 들쳐 메고 우산을 손에 든 엄 대리가 세븐일레븐 앞에서 서성인다. 어떤 계획도 특별한 생각도 없이 움직여온 거리다. 딱 이 정도의 거리가 꿈과 현실의 틈인지도 모른다고 엄 대리는 생각한다. 틈. 사이. 가늠하기 어려운. 틈은 각도로 재야 하나, 길이로 재야 하나. 어쨌든 마음만 먹으면 얼마든지 좁혀갈 수 있다. 건물 사이에 가려서 모든 길이 보이지는 않지만, 막상 평면으로 재보면 얼마 안 되는 거리가 모여 거대한 도시가 된다. 이 짧은 틈 사이를 오랫동안 헤맨 듯 오늘따라 유난히 신발이 무겁다.

일을 마쳤는지 편의점 바닥을 걸레질하는 전처가 보인다. 이 시간이면 지칠 만도 하건만 대걸레를 든 손은 씩씩하게 바닥을 닦고 있다. 엄 대리의 모든 습작을 읽고 엄 대리보다 더 고민하던 여자가 편의점 안에 있다. 자기 소설보다 엄 대리의 소설에 더 신경 쓰던 여자였다. 신혼 초, 프리랜스 교정 일을 하면서 하루 다섯 시간씩 묵직한 설렁탕 그릇을 나르던 그녀의 손은 밤늦도록 엄 대리의 가벼운 원고를 넘기다가 잠들곤 했다. 설렁탕 그릇의 무게와 원고의 무게를 바꾸고 말겠다며 매일 밤 이를 악물던 여자였다. 글 쓰는 시간을 확보하기 위해 아르바이트만 고집하며 전업 작가가 되기 전에는 절대 그 어떤 전업도 갖지 않겠다던 그녀는 여전히 아르바이트를 하고 있다. 여전히 소설을 쓰면서. 여전히 절망하지 않고.

엄 대리는 그런 그녀의 집념에 점점 지쳐갔다. 꿈을 향한 지나친 열정과 믿음, 불안한 현실에 긍정의 힘만을 강요하던 그녀가 버거웠다. 그러나 한편으로는 먼저 지친 게 그녀였을지도 모른다는 생각이 들었다. 교각 위에 부는 바람이 두려워서, 흔들리는 다리가 무서워서 반쯤 간 길을 되돌아가는 엄 대리가 한심했을 것이다. 최근 엄 대리는 그 시절로 간절하게 돌아가고 싶었다.

우산을 들고 편의점을 나오던 전처가 묻는다.

“여기서 뭐 하는 거야?”

소심한 엄 대리가 한참을 머뭇대는데 전처는 그의 대답을 가만히 기다린다.

“저기…… 술 한잔할래?”

삼겹살이 탄다. 검은 연기가 올라온다. 둘 다 타는 고기에 관심 없다는 듯 전처는 소주만 마시고 엄 대리는 그녀를 바라본다. 마주 앉은 게 얼마 만인지 기억도 없다. 술잔을 비우면 스물여덟 개의 치아를 다 드러내며 쓴맛을 달래던 전처의 습관은 사라진 모양이다. 이제 소주가 그렇게 쓰지 않은 것일까. 술 먹자는 말에 전처가 덥석 응한 것은 엄 대리와는 상관없는 마음인지도 모른다. 그저 소주 한 잔이 목적이었거나, 마주 앉은 상대가 누구여도 개의치 않을 만큼의 경지에 다다랐을지도. 전처를 바라보는 엄 대리의 눈빛이 긴 세월과 많은 의미를 담아 흔들리고 있다.

"나랑…… 같이 살래?"

"어디서 술주정이야? 고기나 뒤집어!"

너무 성급했나? 누군가에게 뭘 하자고 제안하는 게 처음인 것 같다. 연애도, 결혼도, 이혼도 모두 전처가 주도한 일이었다. 엄 대리는 사람의 마음을 움직이는 방법이나 기술을 알지 못한다. 진심이 전달되려면 자기가 가장 잘하는 방식대로 하는 게 최선이라 했던 어느 작가의 말이 떠오른다. 그리고 전처의 마음을 흔들 가장 강력한 무기도 안다.

엄 대리는 주섬주섬 주머니에서 뭔가를 꺼낸다. 그때 그 복권이다. 전처는 그것을 물끄러미 쳐다보다가 한심한 눈으로 엄 대리를 바라본다. 이거면, 이거 한 장이면 잃어버린 것들을 다시 찾을 수 있으리라 생각했다. 요령도 피우고 요행도 바라면서 사는 게 인간답다고 했던 전처의 말이 왜 하필이 복권에 꽂혀서 떠올랐는지 태어나 처음으로 필사적이었다. 놓아야 했던 꿈, 돌아선 아내, 지긋지긋한 밥벌이. 엄 대리는 잃거나 놓아야 하는 슬픔의 근원들이 대부분 돈 때문이라 생각했다. 이런 생각들을 엄 대리는 고백하고 싶다. 그러나 말 대신 복권 위에 원고 뭉치를 올려놓는다.

"이거 읽어보고 좋으면 다시 살자."

전처는 원고를 물끄러미 바라본다. 엄 대리가 잠자는 시간을 쪼개가면서 완성한 단편소설이다. 전처의 눈꺼풀이 미세하게 떨리는 게 보인다. 지금인가? 들이댈 기회가?

"농담 아니야."

"농담 아니겠지. 농담이라곤 모르는 사람이니까."

"한 번 더, 나랑 안 살래?"

"내가 그렇게 만만해? 그리고 고작 단편이야?"

전처가 가방을 들고 일어서려는데 엄 대리가 다급하게 말한다.

"미안……했어."

"뭐가?"

대답이 없자 전처가 나가려고 일어선다.

"결혼해서 같이 꿈을 이루자고 했던 약속 못 지켜서."

머뭇대던 전처가 다시 자리에 앉는다.

"선배에겐 여전히 깨지 못한 껍질이 있어. 너무 무겁고 두꺼워서 차마 깨버릴 엄두도 못 내던. 네 명의 여자가 달라붙어서 옴짝달싹 못 하는 껍데기. 결국, 자기 인생은 돌보지 않은 비겁하고 나약한 패배자가 되었지. 선배나 나나 달라진 건 아무것도 없어. 우린 참, 달라."

"알아, 무슨 말인지. 나도 내 인생을 찾고 싶어. 이제는 할 수 있을 것 같아. 아니, 하고 싶어. 나도 늦지 않았다면……."

말하던 엄 대리가 운다. 손에 든 잔을 미처 입에 대지도 못한 채 손을 떨며 흐느끼다가 입안에 털어넣는다. 단 한 번도 전처 앞에서 눈물을 보인 적 없었다. 울어버리는 순간 무엇이든 내려놓게 될 것 같았다. 그런 사실을 전처도 모르지 않았다. 자신이 떠나고 난 후 엄 대리가 얼마나 현실에만 목매고 살았을지, 그가 얼마나 글을 쓰고 싶어 했던 문학청년이었는지 전처도 다 알고 있다.

"나는 말이야. 포기하고 절필한 선배가 약속했던 게 아니라 나란 존재가 더는 동기부여가 되지 못한다는 사실을 깨달아서 선밸 떠난 거였어. 내 꿈만큼은 지키고 싶었고. 삶이 참 모순인 게 말이야, 나는 사는 게 힘들수록 꿈을 놓을 수가 없어. 그리고 꿈꾸는 데 나이가 중요한가?"

전처의 목소리에서 잉크 냄새가 물씬 풍긴다. 이런 자극이 몹시 그리웠던 엄 대리다. 복받친 엄 대리가 곡을 터트리려고 미간을 힘껏 찌푸리자 전처가 시작도 말라는 듯 엄 대리 코앞에 계산서를 들이민다. 놀란 엄 대리가 울음을 속으로 꿀꺽 삼키며 계산서를 건네받는다.

"예나 지금이나 고기는 더럽게 못 굽네. 일어나."

"응? 어. 어."

서둘러 일어나려다가 환기구에 머리를 부딪힌 엄 대리는 웃고 있다. 눈은 여전히 울고 있는데 입은 조각난 수박 껍질처럼 웃고 있다. 엄 대리의 머릿속이 복잡하다. 어떡하지? 지금 전처의 행동이 무슨 의미인지 모르겠다. 적어도 나쁜 건 아닌 것 같다. 아니 어쩌면 가게를 나가서 폭력을 쓰려는 건지도 모른다. 아니지. 이런 행동은 상당히 긍정적이다. 엄 대리의 심장이 과부하되고 있다.

카운터에서 허겁지겁 계산하고 영수증을 챙겨 넣던 엄 대리 옆으로 먼저 나갔던 전처가 다시 들어온다. 전처는 그들이 앉았던 테이블로 걸어가더니 두고 간 엄 대리의 원고를 챙겨서 가방 속에 밀어넣는다. 너무도 익숙한 꿈의 무게, 47그램. 이토록 무거운 두 자릿수라니. 원고가 전처의 가방으로 들어가는 순간 그 밑에 깔려 있던 복권이 기름진 시멘트 바닥으로 떨어진다. 생계가 꿈을 흡수하듯 복권에 기름이 스며든다. 천천히, 아무도 모르게. 그러나 완벽하게 하나가 되지는 못할 것이다. 눈물이 기름과 사투하며 끝까지 용해되지 않을 것이므로.

개들이 짖는 동안

개들이 부둣가에 총출동했다. 움직이는 모든 것이 대수롭지 않은 지루한 팔자들이었다. 반경 일 미터도 안 되는 목줄에 옭아져 문간에서 쪽잠을 자던, 결코 능동적이지 못했던 그들이었다. 밥그릇 옆에다 뒷일을 보고 뒤처리도 안 된 곳에서 밥을 먹어야 했다. 가물에 콩 나듯 면접하는 주인장에게 있는 힘껏 꼬리를 흔들며 고독을 승화시키곤 했다. 그런 그들이 주인집 대문이 아닌 만경창해 부둣가로 적籍을 옮긴 것이다.

그들의 임무는 꽤 막중했다. 겨울철 어획의 상당량을 차지하는 물메기를 사수하는 일. 그것은 노상 길고양이가 상주하는 부둣가에 내려진 특명이었다. 요새를 건축하느라 각 구역의 주인장들이 부산하게 움직인다. 버려진 각목들을 가져다 기둥을 세우고 기둥 위에 파이프를 얹어서 철사로 고정한다. 얼핏 보면 대형 빨래건조대 같기도 하고 초등학교 운동장에 있는 구름사다리 같기도 하다. 눈대중으로 얼기설기 만들어진 것 같으나 그 간격은 매우 조밀하고 정확하며 견고하기까지 하다. 그럴 수밖에 없는 것이 겨우내 말려 팔아야 할 생계 수단이기 때문이다.

깨끗이 손질된 물메기가 한 줄 한 줄 경건하게 몸을 걸친다. 축 늘어진 지느러미 아래로 비린 물이 뚝뚝 떨어진다. 어디선가 길고양이들이 숨죽인 채 때를 기다리고 있을 것이다. 그러나 일 년에 딱 한 철, 딱 한 번 임무를 부여받은 개들이 길고양이들에게 틈을 주진 않을 것이다. 완벽하게 임무를 끝내서 주인에게 인정받아야 한다. 일 년의 대부분을 무료하고 고독하게 보내는 그들에겐 일 년 치 밥벌이인 셈이다. 자칫 실수라도 해서 일 년 내내 눈칫밥을 먹을 수는 없는 노릇이다. 동원된 개들의 눈빛이 예사롭지 않다.

마을의 개들이 특명을 받고 출동한 이후로 나는 단잠에 들 수가 없었다. 밤이 되면 우렁차게 짖는 그들의 목소리는 고요하고 부드러운 요람가가 되어주지 않았다. 어쩌면 저리도 덮어놓고 충성을 다하는가. 그래봐야 삼시 세끼 찬밥이나 먹는 박봉薄俸에 겨울 한 철 계약직에 불과한데, 야근까지 해가며 그야말로 맹목적인 책임감 아니던가.

잠이 깬 김에 그들의 경계하는 목소리에 촉각을 세워본다. 하나가 짖으면 일사불란하게 떼로 짖는 모양새가 아무래도 미심쩍다. 어쩌면 저들이 짖는 이유가 물메기의 안위를 의미하는 것만은 아닐지도 모르겠다. 그저 우리 이렇게 잘하고 있다는, 잠도 자지 않고 맡은 바 임무를 수행 중이라는 어떤 보고서 따위의 행위가 아닐까 하는 생각이 든다. 겹겹이 방문을 모두 닫아걸고 아랫목에서 단잠에 빠진 주인들의 청각에 닿기 위해 서로 힘을 그러모아 목청을 돋우는 것이 아닐까. 다시 잠들긴 힘들 것 같다.

책상 앞에 앉는다. 며칠 전 지역 카페에서 오만 원에 산 책상이다. 여기저기 스크래치가 있고 빛이 바랬고 얼룩도 보인다. 그런데도 내가 이 책상을 사들인 까닭은 이전 주인들의 이력 때문이다. 책상을 파는 사람은 대학원생이었다. 아버지가 쓰던 책상이라고 했다. 아버지가 공시에 합격한 후 아들이 물려받았고, 아들이 또 공시에 합격하자 팔게 되었다고 했다. 운이 좋은 책상임이 틀림없었다. 함께 쓰던 의자는 없냐고 묻자 판매자는 책상과 함께 물려받은 의자가 있긴 한데 가죽이 조금 찢어져서 새 의자를 구매해 쓰고 있다고 했다. 찢어진 의자라도 원한다면 삼만 원만 받겠다고 했다. 나는 책상만으로 충분했다.

파란색 플라스틱 의자에 앉아 노트북을 켠다. 의자가 영 불편하다. 베개를 가져와 엉덩이 밑에 깐다. 낮에 쓰다 만 자기소개서가 뜬다. 가만히 읽어본다. 넉넉하진 않았지만 다정한 부모 밑에서 사랑받고 자란 어린 시절로 시작된다. 진부하다. 가난한데 자식에게 하염없이 다정한 부모가 정말 있기나 할까. 아버지의 폭언과 술주정, 엄마의 잔소리와 눈물 따위를 쓸 수는 없다. 게다가 도입부가 아닌가. 커피를 마셔야겠다. 단것을 먹어야 한다. 부정을 긍정으로 만드는 최고의 힘은 단맛이다. 커피의 단맛. 인생의 단맛.

컵에 커피 믹스를 붓는다. 커피가 쏟아져 나올 때의 소리가 나를 흥분하게 만든다. 아낌없이 쏟아지는 소리. 가루 하나 남김없이 탈탈 쏟아지는 소리. 내 인생에서 가장 사치스러운 소리. 다 쏟아낸 빈 봉지로 커피를 솔솔 젓는다. 이내 가루의 형체는 사라지고 커피색의 커피가 탄생한다. 물이 뜨거워야 가루가 잘 녹는다. 나는 지금까지 미지근했으므로 좀 더 뜨거워져야 한다. 밤새 하염없이 짖어대는 저 개들처럼.

쓰레기통을 벌리니 수험표가 보인다. 지난주 면접 볼 때 달았던 것이다. 교육지원청 대체 인력이었다. 대기실에는 다섯 명의 젊은 여자가 앉아 있었다. 굳이 누가 알려주지 않아도 내가 제일 나이가 많은 게 확실했다. 지원서를 내기 전까지만 해도 이 좁은 농어촌 지역에서 나보다 어린 대졸 인원이 그리 많을 것으로 생각지 않아 조금 자신했다. 그렇게 어리고 예쁘고 대학을 졸업한 여자애들이 왜 여기 살고 있을까, 의아했다.

면접관은 나의 능력을 의심했다. 이쪽 일을 해본 적이 없는데 할 수 있겠냐고 물었다. 나는 응시 자격에 경력은 무관하다고 공고되었던 내용으로 답을 대신했다. 면접관은 컴퓨터 관련 자격증이 없다고 시비를 걸었다. 나는 자격증은 없지만 컴퓨터 활용을 잘한다고 했다. 약간 심드렁해진 듯한 면접관이 대도시에서 전입한 지 얼마 안 되었는데 그 이유가 무엇인지 물었다. 나는 할아버지의 유산을 지키기 위해 왔다고 말했다.

마지막으로, 라고 말한 면접관은 나이가 있는데 왜 결혼하지 않았느냐고 물었다. 그 질문에서 문득 대기실에 있는 여자들이 떠올랐다. 어쩌면 그녀들에게는 던지지 않았을 질문이었다. 나는 숨을 고른 후 대답 아닌 반문을 했다.

"결혼해야 할 나이가 몇 살인데요?"

면접관은 나태하게 내밀고 있던 배를 쏙 집어넣으며 자세를 바로잡았다. 서류에 고개를 처박고 있던 다른 면접관들도 일제히 나를 바라보았다.

다시 책상 앞에 앉는다. 어릴 적 이야기는 분량을 줄여야겠다. 아무래도 전형적이고 계산된 모양새가 느껴진다. 뭔가 개성이 있어야 한다. 이미 나이에서 경쟁력이 없어졌고, 촌구석이라 나름 자만했던 스펙도 믿을 만한 것이 아니었다. 나란 인간을 파는데 무엇이 가장 어필될까. 어렵다. 어려울 때마다 커피를 마신다. 가장 저렴한 마약, 카페인이 나를 도와줄 것이다.

성장기 이야기를 대폭 줄였다. 가족이 등장하는 부분은 오히려 마이너스다. 그나마 일본어가 되고 사진 공모전에서 수상한 이력이라든지 여러 아르바이트를 통해 쌓은 경험을 밀고 나가야 할 것 같다. 그 이야기를 먼저 쓰고 성장기 이야기를 역순으로 넣는 편이 좋겠다. 어차피 필력을 보는 것이 아니니까. 어쩌면 훨씬 지능적일지도 모르겠다. 일본어부터 쓰자.

– 어릴 적 아버지는 일본에서 물건을 떼와 파는 속칭 보따리 장수였습니다. 저는 아버지를 따라 일본을 드나들었는데, 일어에 재미를 붙인 것도 그 때문이었습니다.

여기까지 쓰다가 급하게 지운다. 거참, 아버지가 불법 상인이었다고 광고하는 것도 아니고.

– 어릴 적 아버지는 국제무역 상인이었습니다. 저는 아버지 사업 때문에 함께 일본에 드나들면서 자연스럽게 일어를 익혔습니다.

훨씬 마음에 든다. 문장이 이렇게 달라졌는데 진실의 속성은 변하지 않는다니, 글이라는 게 참으로 매력적이다. 사진에 관한 이야기는 팩트 자체로 자신만만하다.

– 고교 시절 우연히 죽어가는 개를 찍었는데, 일본에서 열린 교토 아마추어 사진전에서 금상을 받았습니다. 고등학생이 입상을 한 건 최초라고 들었습니다.

'최초'라는 말이 마음에 든다. 아버지가 등장하면 이야기가 훨씬 구질구질해진다는 것도 느낀다.

밖이 소란하다. 다시 개들이 짖는다. 오늘따라 유별나게 짖어댄다. 창문을 열었더니 흔들리던 손전등 불빛이 서둘러 사라진다. 물메기 주인이거나 개 주인이겠지. 아무래도 더는 진도가 나갈 것 같지 않다.

다음 날, 부둣가가 소란스러워 내다보았더니 마을 사람들이 삼삼오오 모여 있었다. 갑갑했던 참에 삼선 슬리퍼를 끌고 어정어정 부둣가로 향했다. 듣자 하니 간밤에 물메기 한 줄이 몽땅 사라진 사건이 터진 모양이다.

"이놈들아, 밥값을 해야 할 것 아냐!"

주인들은 애먼 개들만 나무랐다. 그들은 비록 위태로운 비정규직이지만 간밤 얼마나 제 소임들을 잘 해냈던가. 그럼에도 불구, 그들은 이 모든 질타를 묵묵히 감내하는 듯했다. 이러다가 오늘부로 비정규직마저 해고당하는 것이 아닌가, 불안한 눈빛으로 연신 꼬리를 흔들며 아부를 떨었다. 꼬락서니들하고는.

개 짖는 소리만 듣다가 막상 직접 나와서 보니 족보도 없는 똥개가 다섯 마리나 묶여 있었다. 꼬리를 뒷다리 사이로 말아 넣은 놈, 얌전하게 앉아 눈만 껌벅대는 놈, 에라 모르겠다 엉덩이를 흔드는 놈, 집 안에 처박혀 분위기를 살피는 놈, 컹컹 소심하게 짖는 놈. 저마다 덩치도 생김새도 달랐지만 꾀죄죄한 몰골이며 비굴한 표정만은 하나같이 비슷했다.

물메기 주인은 두 집이었다. 머리가 희끗희끗한 아저씨가 한껏 목청을 키워 화를 냈다.

"이 망할 것들! 개새끼나 고양이 새끼나! 덩칫값도 못 하는 것들아, 오늘 밥은 다 처먹은 줄 알아!"

망연자실한 표정으로 남은 물메기들을 손보던 뚱보 아주머니 역시 호통을 쳤다.

"짖기만 하면 어떡해! 어? 잡아야 할 것 아냐! 잡아서 죽여버리라고 예 묶어둔 것 아니냐고!"

이어 마을 이장 할아버지가 뒷짐을 진 채 목소리를 높였다.

"아 그러게, 동네 개들을 다 출동시켜달라고 그렇게 방송을 해댔는데! 자네 집 덕배가 제일 사나우니까 오늘부터 여기 합세를 좀 시키자고."

몇 마리 눈치 빠른 개들은 분위기가 이상했는지 제집에서 꼼짝하지 않고, 몇 마리는 그래도 주인이 좋아 연신 꼬리를 흔들며 서성이고 있었다. 자존심도 없는 것들. 밤새 잠 한숨 안 자고 제 할 일 다 해놓고도 욕을 듣는데 꼬리나 흔들다니. 저 개들은 밥이 목적일까, 주인의 사랑이 목적일까, 그저 맹목적인 충성일까. 묶여 있는 개들에게 날랜 고양이를 잡아 죽이라는 업무는 말도 안 되는데 그 말도 안 되는 일이 자신들의 책무임을 저 개들은 알고 있을까? 할 수 있는 일을 시키든지, 일을 할 수 있는 조건을 만들어줘야 할 것 아닌가.

그날 밤, 덕배라는 셰퍼드를 포함해서 세 마리의 개가 합류했다. 개 짖는 소리는 나날이 길고 선명해졌다.

물을 끓인다. 탈탈. 머그잔에 커피 가루가 쏟아진다. 카페인과 단맛을 내는 감미료가 체내에 퍼지는 것을 느낀다. 중추신경에 도달할 때까지 약간의 말미를 준다. 어제 쓰다 만 자기소개서 창을 연다. 취업 멘토 카페에 가입해서 거금을 들여 멘토링을 받았을 때, 전문가는 나의 자기소개서부터 잘못됐다는 말을 했다. 자기소개서가 좋은 인상을 남기지 못하면 면접은 아예 기회도 없다는 것. 나는 서류 지원에 수없이 탈락하고서야 진작 멘토링 받지 않은 것을 후회했다. 멘토링을 받고 처음으로 일차에 합격, 면접을 보았기 때문이다. 역시 투자한 만큼 돌아오는 것이 인생인가.

나는 이력서를 쓸 때마다 새로운 자기소개서를 쓴다.

– 많은 아르바이트 경험이 있지만, 그중 일본어 통역 아르바이트는 저를 한층 성장시키는 좋은 경험이었습니다. 일본 문화와 역사, 국가 간 차이를 배울 수 있었습니다. 자연스럽게 국제 교류와 무역 등에 관심이 커졌고, 국제무역사 자격증을 따기 위해 공부하고 있습니다.

이번 자기소개서는 되도록 간결하게, 포인트만 살려서 마무리했다. 이번에 이력서를 제출할 곳은 군청에서 운영하는 복지관 계약직이다. 외근일까 걱정했는데 관내 상근직이라고 했다. 책상 앞에 있기만 하면 된다.

이메일로 이력서와 자기소개서를 보내고 나니 엄마한테 문자가 왔다. 이번 주말에 아버지랑 내려온다는 내용이었다. 이 낡아빠진 촌집 하나 지키자고 딸내미 혼자 내려보내놓고 막상 걱정되긴 한가 보다. 그나마 귀촌이 성행하면서 집값이 조금 뛰어 오천은 받을 수 있다고 했다. 엄연히 아버지 이름으로 된 집이었지만 형편이 고만고만한 형제들이 몫을 나누자고 나선 게 화근이었다. 아버지가 '어차피 네 것'이라는 말만 안 했어도 아마 고시촌을 벗어나지 않았을 것이다. 어차피 내 것. 아직은 내 것이 아닌, 완전한 아버지 것도 아닌.

아침부터 부둣가 곳곳에 감시카메라를 설치한다고 부산했다. 간밤에도 물메기 한 줄을 몽땅 도둑맞은 후였다. 마을에선 짐승이 아닌 사람의 짓이라고 확신했다. 물메기 한 줄이면 열 마리. 한 마리당 삼만 원은 족히 받으니 삼십만 원이 두 번, 육십만 원을 도둑맞은 셈이다. 시골 노인네들에겐 막대한 재산 피해였다. 감시카메라는 물메기를 널어놓은 부둣가 근처 전봇대와 가로등, 마을의 자랑인 오백 년 된 소나

무에 각각 설치되었다.

카메라가 있다는 문구를 써 붙이자 말자로 시비가 붙었다. 경고 문구를 붙여야 더 피해를 보지 않는다는 노인들과 비밀리에 설치해놓아야 도둑놈을 잡을 수 있다는 노인들 사이에 신경전이 오갔다. 누구 하나 자신의 의견을 굽히지 않았고, 누구도 남의 의견에 귀 기울이지 않았다. 그때 멀찍이서 구경하던 내게 무거운 시선이 꽂혔다.

"전빵집 손녀, 이리 와 보시게."

나는 이 동네에서 전빵집 손녀다. 할아버지가 이 동네에서 사십 년 동안 담배 파는 점포를 했다는 이유에서였다. 나는 슬금슬금 마을 사람들 속으로 스며들었다. 시비의 발단이 된 경고 문구에 대해 내 의견을 물었다.

"자네 생각을 솔직하게 말하면 되네."

솔직하게 말하란다. 가장 어려운 말이 진실이라는 것을 나는 열심히 익혀가는 중이거늘.

여기저기서 자신의 주장을 내세우느라 말이 거미줄처럼 엉켰다. 모두가 나를 보며 자신의 말이 옳지 않냐 윽박질렀다. 그 순간에 든 솔직한 내 생각은 경고 문구를 붙이는 것이 맞다 쪽이었다. 이미 도둑맞은 건 그렇다 치고 앞으로 똑같은 피해를 보지 않는 것이 중요하다고 생각했다. 어차피 소잃고 외양간 고치는 격이니 말이다. 그러나 아무래도 경고 문구를 붙이지 말자는 쪽이 우세했다. 그들은 범인을 잡고 싶은 거였다. 앞으로의 피해를 막는 것보다 지금까지의 피해를 보상받고 싶은 거였다. 그 보상이 피해 금액의 환급이 아니라 단순히 범인이 누군지 알아내고야 말겠다는 의지로 보였다. 노인들은, 특히 일평생 시골 한 동네에서 나고 자란 노인들은 그 동네에서 벌어지는 모든 것을 알아야 하고 해결해야 하는 고집이 있다. 사위가 조용해지자 나는 준비된 대답을 했다.

"잡을 수 있다면 범인을 잡는 게 좋겠죠?"

엄마가 밑반찬과 커피 믹스 한 상자를 들고 왔다. 아버지도 달고 왔다. 노안이라 운전도 못 하는 아버지는 엄마가 어딜 가면 그렇게 따라다닌다. 아버지는 손바닥만 한 집 안 구석구석을 살펴보고는 마실 나가버리고 엄마는 부엌에서 살림살이를 손보고 있었다. 엄마는 밑반찬을 냉장고에 넣다가 쌀이 없다는 걸 알게 되었다. 쌀을 사러 가야겠다고 말하던 엄마는 이 집에 가스레인지가 없다는 사실이 떠올랐는지 아궁이를 처음 보는 사람처럼 뚫어지게 쳐다보았다. 그런 엄마를 나도 뚫어지게 쳐다보았다.

나는 엄마가 반대하지 않은 이유를 안다. 나한테 남겨줄

유산이 아무것도 없기 때문이다. 아궁이를 향한 엄마의 시선에서 미안함이 한숨으로 흘러나왔다. 쌀을 사러 간 엄마는 부탄가스와 휴대용 가스버너도 사 왔다. 어차피 음식을 해 먹지 않는 걸 알면서도 사 왔다. 부엌에서 쌀을 꺼내던 엄마는 동네가 왜 시끄럽냐고 물었다. 나는 그간 벌어진 일을 얘기해주었다. 엄마는 그런 일에 나서지 말라고 했다. 시골에서는 젊은 여자애가 나서는 꼴을 좋아하지 않는다고. 엄마도 이 동네 출신이었다. 나는 고개만 주억거렸다.

하늘에 그늘이 지자 취한 아버지가 그늘을 몰고 돌아왔다. 갈 준비를 다 해놓고 기다리던 엄마는 아버지를 보고 한숨만 쉬었다. 미지근한 엄마도 미지근한 아버지도 서로를 보며 한숨짓는 게 유일한 표현이었다. 아버지는 싸구려 술 냄새를 풍기며 말했다. 당신 아버지가 목숨처럼 아끼던 집이라고. 엄마가 당신 아버지 병수발을 십 년이나 했다고. 당신 동생들은 다 호래자식들이라고. 집은 살고 있는 놈이 주인이라고. 나는 묵묵히 아버지 말을 들었다. 어차피 네 것이라는 마지막 말까지, 묵묵히. 엄마는 책상 위에 오만 원권 여섯 장을 놓고 갔다.

문자가 왔다.

– 주서영 님. 서류전형에 합격하셨습니다. 이번 금요일 오후 3시 복지관 3층에서 면접이 있습니다.

나는 엄마가 주고 간 오만 원권 두 장으로 미용실에서 머리를 말고 세탁소로 향했다. 주인이 없어서 삼십 분가량 세탁소 앞에서 기다렸다. 쭉 있었던 건지 아닌지 모르겠지만 아들로 추측되는 젊은 남자가 다리를 절면서 나왔다.

"주서영이요."

한참을 헤매다가 찾아낸 정장을 오만 원권과 교환하는데 거스름돈이 없다며 남자가 난감해했다. 어딘가 전화를 하려던 남자는 들었던 전화기를 내려놓고 내게 물었다.

"전빵 손녀시죠?"

내가 고개를 끄덕이자 돈은 나중에 줘도 된다며 오만 원을 돌려주었다.

금요일 오후 세 시. 일찌감치 도착한 복지관 삼 층에는 세 명의 여자가 먼저 와 있었다. 뒤에 남자 한 명이 더 왔다. 성별 구분이 없는 직종이었다. 나를 포함해서 총 다섯 명이 면접을 보러 왔다. 나중에 안 사실이지만 다섯 명은 응시 인원 전부였고, 모두 예외 없이 서류전형에 합격했다. 구색 맞추

기였다.

들어가니 세 명의 면접관이 기다리고 있었다. 가운데 앉아 있던 중년의 남자가 먼저 질문을 시작했다.

"이쪽 분야와 전혀 관계없는 일만 하셨네요?"

나는 간결하게 대답했다.

"네."

"여긴 노인복지관입니다. 무슨 일을 하는지는 아십니까?"

마치 나를 무시하는 듯한 질문에 나는 당연한 듯 답했다.

"노인들을 위한 복지활동을 하는 곳이죠."

"사회복지사나 요양보호사 자격증도 없고 봉사활동 경험도 없으신데 응시한 이유가 있으신가요?"

일자리가 없어서요, 라고 말하려는데 왼쪽에 앉은 남자가 고개를 들었다. 낯이 익다 했더니 세탁소에서 본 남자였다. 갑자기 동공이 흔들린다. 어디선가 개 짖는 소리가 들린다. 물메기의 비린내가 진동한다. 나는 마른 입술에 연신 침을 발랐다.

"주서영 씨?"

"아, 네. 선친 고향이 이곳입니다. 할아버지뿐만 아니라 부모님도 이곳 출신이세요. 제 본적이기도 합니다. 저는 그분들을 존경합니다. 아름다운 이곳을 지키기 위해 이사도 했어요. 이곳을 지켜오신 노인분들을 위해 일하고 싶습니다."

세 사람이 동시에 나를 쳐다보았다. 세탁소 남자와 또 눈이 마주쳤다. 그가 설핏 미소를 띠고 나를 쳐다보았다. 부정적인 기운이 훅 끼쳤다. 커피가 당긴다. 또다시 개 짖는 소리가 들린다. 개들을 죽이고 커피를 마시고 싶다. 드디어 세탁소 남자가 질문했다.

"자기소개서에는 그렇게 존경한다는 부모님 이야기가 거의 없네요? 고향에 관한 이야기도 없고요."

남자는 내 눈에서 시선을 떼지 않고 말했다. 보이는 게 전부가 아닙니다, 라고 말하려는데 남자 머리 뒤에 숨어 있던 개들이 고개를 내밀고 다시 짖기 시작한다. 개 짖는 소리가 커피처럼 중추신경을 자극하며 달팽이관을 드나든다. 나는 재빨리 대답했다.

"자기소개서에는 감정을 절제하고 최대한 팩트만 실었습니다."

그리고 간곡하게 덧붙였다.

"열심히, 아니 잘할 수 있습니다!"

개들이 하나둘 사라졌다.

집에 오는 길에 아이스 아메리카노를 샀다. 부둣가 가로등 밑에 앉아 빨대로 커피를 빨아 마셨다. 정박한 어선들이 너울성 파도에 들썩들썩하고, 팔자 좋은 낚시꾼들이 삼삼오오 모여 있는데 어쩜 이리 적막한지 귀가 막혔나 의심스러웠다. 그러고 보니 개 짖는 소리가 들리지 않는다. 커피를 빨며 물메기가 널린 쪽으로 발길을 옮겼다. 개들은 거기 그대로 있었다. 물메기도 그대로고 감시카메라도 그대로다. 그런데 개 짖는 소리가 들리지 않는다. 짖는 게 눈으로는 보이는데 귀에 들리지는 않는다. 이 무슨 조화일까. 나는 서둘러 집으로 돌아와 잠자리에 들었다.

새벽 세 시가 다 되었을 때 잠에서 깼다. 물색없이 짖어대는 개들 때문에 도저히 더는 잠을 잘 수가 없었다. 책상 앞에 앉는다. 계속 짖는다. 커피를 마신다. 심하게 짖는다. 진공상태였다가 다시 들리기 시작한 개 짖는 소리는 그 전보다 훨씬 난폭한 소음이다. 커피를 한 잔 더 마시고 자기소개서를 띄운다. 어제 썼던 걸 모조리 지우고 다시 시작한다.

– 한국전쟁에 참전하셨던 할아버지는

다시 지운다.

– 이 동네 출신인 제 부모님은

다시 지운다.

– 개새끼들.

나는 잠옷을 입은 채 부둣가로 달려갔다. 나를 보고 맹렬하게 짖는 개들을 향해 소리쳤다.

"이 개새끼들아! 이 자존심도 없는 멍청이들아! 너희들이 이렇게 해봤자 누가 알아주는데! 카메라도 달았는데 왜 자꾸 짖고 지랄이야! 복지관엔 왜 왔어! 너! 덕밴지 뭔지 너! 왜 자꾸 따라다니면서 짖어! 왜!"

덕배가 잡아먹을 듯이 으르렁대며 짖었다. 나를 무엇으로 인식하는 건지, 서슬 퍼런 이빨을 드러내고 살기 어린 눈알로 쳐다보았다. 덕배가 내 쪽으로 달려들 때마다 목줄을 매단 쇠파이프가 흔들렸다. 다른 개들도 마찬가지였다. 목이 쉬어라 짖어대며 나를 향해 돌진할 태세였다. 마을 사람 누구도 나와보지 않았다.

다음 날 아침 일찍 누군가 찾아왔다. 이장 할아버지였다. 굳은 표정의 이장님을 따라나섰다. 마을회관에는 마을 노인들이 모여 있었다.

“이것 좀 설명해주겠나?”

그 말과 함께 내 눈앞에는 간밤 감시카메라에 찍힌 내가 다가왔다. 잠옷을 입은 나는 새벽녘 부둣가 개들한테 뭐라고 떠들어대며 미친 짓을 하고 있었다.

“너무 시끄러워서 그랬어요. 조용히 하라고…….”

나는 민망하긴 했지만 그게 이렇게 불려 나와 해명을 해야 할 일인지 의아했다. 감시카메라는 찍으라는 도둑놈은 안 찍고 나를 찍었다. 빌어먹을.

“조용히 하란다고 개들이 조용히 하나?”

“일부러 짖으라고 내놓은 애들인데 왜 짖지 말래!”

“조용히 살 거면 산속으로 들어가지 여긴 왜 왔대?”

듣자 듣자 하니까 말이 점점 심했다. 나는 방금 마지막에 지껄인 남자를 향해 목소리를 높였다.

“대한민국에서 허락받고 살아야 해요? 어째서 이렇게 이기적이에요? 여기 이사 온 후로 잠을 제대로 잔 적이 없다고요! 감시카메라를 달았으면 개들을 철수시키든가! 이게 지금 저한테 화낼 일이에요? 제가 물메기를 훔쳤어요? 네?”

내가 흥분하자 이장 할아버지가 중재했다.

“전빵 손녀, 그게 아니라 어제 덕배가 사라졌다네. 혈통 좋은 놈 산다고 월미도까지 가서 데리고 온 놈인데, 저 사람

사정도 좀 이해해주지 그래."

덕배가 사라져? 그럼 지금 내가 의심이라도 받는 거란 말인가. 다행히 덕배의 마지막 모습이 감시카메라에 남아 있었다. 스스로 목줄을 끊고 사라지는 장면이었다. 나와 덕배가 대치하던 상황에서 덕배의 목줄이 느슨해졌을지도 모른다는 생각이 들자 죄책감이 들었다. 어두워서 그 부분은 보이지 않았다. 덕배가 사라지자 개 주인들 몇이 부듯가로 파견한 개들을 철수시켰다.

복지관 최종 발표가 있는 날 복지관 홈페이지에 들어갔다.

- 최종합격자 응시번호 002번 김○○

002가 누구일지 궁금했다. 가장 나이가 어려 보였던 원피스일까, 대기 중에 지원자들에게 내내 말을 건네던 붙임성 좋은 단발일까, 힘든 일도 척척 해낼 것 같던 우람한 안경일까, 유일한 남자였던 말라깽이 정장일까. 어쨌든 나는 아니다. 그게 중요한 거다.

다시 정장을 맡기러 세탁소에 갔다. 재수 없는 탈락의 기운을 털어내야 했다. 일종의 징크스였다. 그 남자를 또 만날까 봐 신경이 쓰여 멀찍이서 세탁소 안을 들여다보았다. 다

림질하는 주인아저씨가 보였다. 주인아저씨는 지난번 외상에 대해 모르고 있는 눈치였다. 나는 당시 상황을 설명한 뒤 세탁비를 모두 지불했다.

세탁소를 나오던 중에 다리를 절며 들어서던 그 집 아들과 마주쳤다. 반갑지 않은 상대였다. 나는 왼쪽으로 비껴가려 했다. 내가 왼쪽으로 가려 하면 다리를 저는 남자의 몸이 왼쪽으로 한 번 꺾이고 오른쪽으로 가려 하면 오른쪽으로 한 번 꺾였다. 나는 아예 벽에 붙어 길을 터주었다. 터준 길을 따라 세탁소로 향하던 남자의 목소리가 들렸다.

"시골에 정착하기 참 힘들지요?"

이건 무슨 오지랖인가. 동정인가 조롱인가. 나는 말없이 갈 방향으로 몸을 틀었다. 내가 멀어지자 남자의 목소리가 높아졌다.

"지금 그런 행동이 하나 도움 안 된다고요!"

목소리마저 절름거리며 다가오느라 내 귀에 닿지 않았다. 웬일인지 개들도 짖지 않았다.

유난히 고요한 새벽이다. 고요해서 커피를 탄다. 얼룩진 흰색 전기 주전자가 몸을 떨며 곧 100도가 됨을 알린다. 100도에서 전원이 꺼진다. 어차피 100도의 물도 바로 마실 수 없는데 200도 300도까지 끓이지 못하는 이유가 뭘까 궁금했던 적이 있다. 100도가 넘으면 물이 기화하기 때문에 수증기만이 존재한다고 한다. 물이 물의 상태로 가장 뜨거울 수 있는 온도가 100도라는 뜻이다. 사람이 사람인 상태로 가장 뜨거울 수 있는 온도는 몇 도일까. 체온계 눈금은 42도까지다. 사람은 죽었다 깨나도 100도에 도달할 수 없다는 얘기다. 그러니까 어차피 인생은 미지근한 거다. 탈탈. 짧고 시원하게 커피 가루가 쏟아진다.

삐걱대는 의자에 앉아 노트북을 연다. 지역 카페에 접속한다. 검색창에 '책상의자'를 입력하고 엔터를 누른다. 의자 리스트가 나타난다. 등받이 의자가 있다면 자기소개서가 더 잘 써질 것 같다. 몇 가지 매물을 클릭하다가 마음에 드는 의자를 발견했다. 검은색 인조가죽에 등받이와 바퀴가 달린 사무용 의자다. 사용한 지 일 년도 안 된 의자라고 한다. 칠만 원. 만만치 않다. 내게 책상을 판매했던 사람을 검색했다. 아직 의자가 있는지 문자를 보냈다. 답장이 왔다.

– 있긴 한데 아무래도 물려받은 거라 삼만 원은 그렇고 오만 원에 팔 의향은 있습니다.

나는 내일 방문하겠다고 문자를 보냈다.

의자 판매자가 사는 곳은 십 킬로미터쯤 떨어진 읍내였다. 나는 버스를 타고 가서 택시에 의자를 실어올 요량으로 집을 나섰다. 정류장을 향해 걷는데 이웃집 한 채를 지날 때마다 개가 짖었다. 집마다 대문이 없거나 그나마 달린 문도 훤히 열어놓아 지날 때마다 개들과 눈이 마주쳤다. 음식 찌꺼기가 덕지덕지 낀 밥그릇에 코를 박고 밥을 먹다가도 내가 지나가면 맹렬히 짖었다. 금이 간 시멘트 바닥에 엎어져 자다가도 내가 지나가면 벌떡 일어나 짖었다. 그들이 옥죄어 산 흔적인 녹슨 목줄이 금방이라도 끊어질 듯 팽팽해졌다. 저러다 곧 재가 될 것만 같았다.

판매자 집에 도착해서 살펴보니 의자는 엉덩이를 받치는 부분이 찢어져 있었다. 사실 전체적으로 찢어질 준비를 하는 듯 보였다. 나는 오만 원을 주고 의자를 택시에 실었다. 사거리에서 택시가 신호를 받고 멈췄다. 신호도 아랑곳하지 않고 경운기가 시끄럽게 지나갔다. 시야를 가리던 경운기가 사라지자 비탈길 아래 논두렁에서 배회하는 개 한 마리가 보였다.

자세히 보지 않아도 셰퍼드였다. 시골 노인들이 셰퍼드를 키우는 경우는 극히 드물다. 덕배일 확률이 높았다. 셰퍼드는 지능이 꽤 높은 견종인데 고작 옆마을에서 집을 못 찾아가다니. 나는 재빨리 휴대폰을 꺼내 들었다. 화면을 확대해서 덕배의 모습을 담았다.

의자에 앉는다. 몸이 의자에 폭 안기는 느낌이 좋다. 노트북이 부팅되는 사이 덕배의 동영상을 재생해 본다. 살기 넘치던 모습은 어디로 갔는지 덕배가 왠지 행복해 보인다. 뛰다가 걷다가 자유롭게 움직인다. 목줄에서 자유롭고, 주인에게서 자유롭고, 뜨거워야 하는 강박에서 자유로워 보인다. 처음에는 이 동영상을 덕배 주인에게 보여주기 위해 촬영했다. 일부 내 잘못도 있다는 죄책감 때문이었다. 그런데 무엇이 누구를 위한 것인지 판단이 서지 않는다.

새 의자에 앉아 새로운 자기소개서를 펼친다. 일본에 수산물을 수출하는 작은 업체에 보낼 것이다. 일본어로 수출물 서류 작성을 맡아줄 직원을 구하는 곳이다. 회화가 가능한 사람은 우대해준다고 한다. 물론 책상 앞에서 하는 일이다. 이것이야말로 확실히 내가 적임자란 생각이 든다. 예쁘고 어리고 대학을 나온 지원자와 경쟁해도 이길 자신이 있다. 이번 자기소개서는 죽기 살기로 쓸 것이다. 운 좋은 의자도 장만했으니 예감이 좋다. 커피가 식고 있다. 개들이 드문드문 짖는다. 슬슬 물메기 철이 지나고 있다.

작품 해설

부서지기 쉬운 삶과 존재의 이면

– 이은정의 소설세계 –

구모룡(문학평론가)

일상과 생활을 구성하는 관계와 힘의 결은 복잡하다. 각종 미디어의 영향으로 추상화한 시각은 실제의 복잡성을 간과할뿐더러 그 이면을 보지 못한다. 사랑스러운 가족, 평화로운 마을, 아름다운 도시는 거의 환상에 속한다. 흩어지거나 해체되는 가족, 줄어들거나 소멸하는 마을, 불평등과 갈등의 도시가 현대의 구체적 진면에 가깝다. 이은정의 소설이 포착하는 지점은 미시적인 관계의 이면에 도사린 삶의 부조리함이다. 신체적 개인은 가족과 사회가 형성하는 중첩된 관계의 역장力場 안에 있다. 작가는 관계의 단면을 부각하면서 소설가의 특권을 수행한다. 이 과정에서 특정의 관계가 두드러진 서술로 나타나거나 극단의 상상이 도출되기도 한다. 가령 자살과 실종, 폭력과 살인 같은 어둡고 엽기적인 측면도 삶의 질곡을 충격적으로 발현하고 노출하는 방식이다. 이은정 소설의 주조는 암울하다. 희망과 사랑이 턱없이 부족한 현실을 비극적 감성으로 표출한 까닭이다. 훼손되고 타락한 세계를 초월할 푸른 하늘과 별빛을 찾기 어렵다. 수직적 초월이 불가능한 세계, 모두가 상처받고 고통을 감내하는 현실을 회피하지 않는다. 그리고 마침내 한 가닥 빛과 물줄기를 찾아낸다. 생성과 재생, 갱생과 부활의 징표가 없지 않다. 작가의 고단한 의지가 빛난다.

여덟 편의 소설은 친구(〈잘못한 사람들〉), 부부(〈피자를 시키지 않았더라면〉, 〈엄 대리〉), 가족(〈완벽하게 헤어지는 방법〉, 〈숨어 살기 좋은 집〉), 고향 사람(〈그믐밤 세 남자〉, 〈개들이 짖는 동안〉), 교사와 학생(〈친절한 솔〉) 등의 관계를 서술의 중심에 놓는다. 물론 이들을 모두 통어하는 마스터 플롯은 가족인데 가족 구성원을 둘러싼 사회적 조건의 개입으로 삶의 여러 양상이 복잡하게 표출된다. 가령 건축가 남편이 등장하는 〈숨어 살기 좋은 집〉을 제외한다면 안정적인 직업을 가진 인물은 거의 없다. 비정규직이거나 아직 직업을 갖지 못한 실업 청년인 경우가 대부분이다. 이와 같은 사회적 조건에서 비롯하든지, 관계에 대한 맹목과 집착이 만드는 개인적 폭력에서 기인하든지 이은정의 소설은 삶이 부서지기 쉬운 건조물에 가깝다고 인식한다. 그녀의 소설에서 사소하거나 우연인 듯한 사건이 점차 복잡하게 얽히면서 파국에 이르는 경우는 조화로운 귀결보다 많다.

〈잘못한 사람들〉은 화자이자 주인공인 '나'의 전도유망했던 친구 '세호'가 아버지를 잃고 가장의 역할을 하게 되지만 생활정보지를 배포하는 임시 고용직조차 잘리면서 발생한 우발적 사건을 다루고 있다. 그는 어린 시절 "밖에서 화난 일이 생기면 집으로 돌아와 어린 세호에게 화풀이를" 하면서 "때리고 때리며 무조건 잘못했다는 말을 요구하던 빌어먹을 아버지"에 대한 트라우마를 술로 해소하는 주벽이 있다. 자신의 잘못이 아닌데 자백을 강요하는 '지역장'의 얼굴에서 아버지를 떠올리게 되면서 그는 역시 술에 취한다. 실제 잘못은 생활정보지를 폐지로 수거해가는 할머니에게 있는데 우연히 그녀와 맞닥뜨리게 되면서 사건이 증폭한다. 할머니에 대한 세호의 폭력은 세호에게 불려 나간 '나'에 대한 할머니 아들의 폭력으로 이어지면서 '나'는 순식간에 할머니 살해의 용의자가 되고 만다. 어떠한 필연의 고리도 없는 우연이 한 인물의 운명을 파국에 이르게 한 것이다. 이처럼 약간의 추리 기법을 가미한 이 소설은 가족이나 사회가 언제든지 개인이라는 존재를 위기에 내몰 수 있음을 암시한다. 과연 잘못은 누구에게 있을까? 개인에게 비롯하는가, 외부의 구조에 있는가? 작가는 이에 대한 답을 말하기보다 문제를 제기한다. 물론 "잘못인 줄 알면서도 잘못"을 저지른 할머니에게 가해진 세호의 폭력은 취기와 우발적인 분노의 합작품이어서 과잉이 있다. 폐지를 모으고 사는 할머니의 삶도 순전한 자기 의지의 소산이라 볼 수 없다. 세호에 내재한 사적 분노의 표출로 나타난 주관적 폭력은 실제 사회의 병적 징후를 내포하며, 이 폭력과 연관이 없는 '나'를 희생양으로 만드는 구조적인 아이러니를 파생한다.

어떤 폭력도 정당화될 수 없으나 소설에서 폭력은 빈번하게 결말을 구성한다. 〈완벽하게 헤어지는 방법〉은 오인에 의한 살인으로 귀결되는데 실수의 정신분석을 따라 읽으면 거의 필연에 가깝다. 가족 내부에 도사린 맹목적이고 도착적인 폭력을 서술하는 이 소설은 마침내 가해자와 피해자가 역전되면서 폭력의 종식을 선언한다. 아버지 '종수'의 폭력으로 어머니 '혜자'는 자살을 생각하기도 한다. 하지만 두 딸 '미진'과 '미주'의 시선이 그녀로 하여 남편의 폭력에 맞서게 만든다. 늘 절망만 빛나는 이들 가족의 삶에 희망은 없다. 암울하고 깜깜한 밤의 장막이 드리워져 있다. 사랑의 이름으로 폭력을 자행하는 가부장과 세 모녀의 전쟁이 있을 뿐이다. 이 소설에서도 〈잘못한 사람들〉과 같이 술은 분노와 원한을 표출하는 병증이 된다. 여기서 부부는 서로 대결하는 짝패로 술과 폭력을 주고받게 되는데 그 시발은 남편이다. 미진이 간직한 불안과 미주가 늘 품는 슬픔도 어머니에 대한 아버지의 폭력에 기인한다. 상처는 감염되고 폭력은 전염된다. 성적 지배의 폭력과 그에 대응하는 폭력의 악순환으로 관계의 고갈과 파멸의 예감이 비등한다. 이러한 정황 속에서 상처의 기억이 되살아나고 억압된 분노가 공격성으로 나타나는 일은 피할 수 없다. 아버지와 어머니의 상호 폭력은 마침내 가해자와 피해자의 역할을 바꾸어가는 단계에 이르고 만다. 이러한 폭압적 상황 속에서 미진의 아버지 살해 충동이 표출된다. 하지만 이는 어머니에 대한 집착에서 벗어난 결별의 신호에 가깝다. 미주 또한 "가족이란 이름"으로 봉합된 사랑의 도착 상태, 맹목적인 소유관계에서 벗어나야 함을 자각한다. 미주에서 시작되어 어머니의 오인으로 끝난 아버지 살해는 폭력으로 세워진 가족의 허구를 폭로하고 만다. 마침내 "같이 살면 안 되는 사람들"의 '완벽하게 헤어지는 방법'이 수행된다.

확실히 〈완벽하게 헤어지는 방법〉은 성적 지배와 착취, 맹목적인 소유와 폭력이 가족 구성원 모두에게 트라우마가 되고 마침내 극단의 파국을 초래하는 과정을 추적한 문제작이다. 이에 비할 때 〈피자를 시키지 않았더라면〉의 플롯은 단순하다. 결별을 원하는 '남자'가 그것을 이루기 위하여 '여자'의 폭력을 감내하다 마침내 자기도 폭력을 가하는 구성이다. 이 과정에도 역시 술은 행위를 가속화하고 내면을 풀어놓는 기제로 작동한다. 부모로부터 버림받거나 방치된 상처를 지닌 여자는 이혼은 있을 수 없다는 신념을 갖고 있다. 여자에 대한 연민으로 결혼한 남자는 "칠 년간의 연애, 결혼생활 일 년"을 청산하고서 여자와 헤어지려 한다. 여자의 가난한 가족의 간섭이 있고 트라우마로 행복에 대한 의지를 잃고서 술을 마시는 여자에 대한 실망과 좌절이 원인이다. 이 소설에서 반전은 여자가 먹어 치운 사진이 그녀의 가족이라는 사실을 남자가 발견한 데서 나타난다. "여자가 피자를 시키지 않았더라면 남자는 오늘 헤어지자는 말을 하지 않았을까?"라는 반문이 도출되면서 마침내 남자도 자신의 가족을 사진에서 도려내게 된다. 한바탕 소극으로 끝난 일일까? "무거운 앨범 속에서 탈출한 두 사람의 표정이 너무도 가볍다. 갑자기 허기를 느낀 남자는 식어빠진 피자 한 조각을 입에 물었다."라는 마지막 구절의 여운이 남는다. 사소한 빌미로 치부된 이별 연습은 새로운 사랑의 발명으로 나아갈까? 이러한 가능성은 〈엄 대리〉를 통해서 찾아지기도 한다. 택시 기사에게 주어버린 복권을 찾아가다 편의점에서 일하는 전처를 만나 다시 관계를 회복할 계기를 얻는 이혼남의 이야기인데 여타의 소설에 비할 때 미명처럼 밝아오는 희망이 보인다. 서로 소설가가 되기를 원하고 특히 남편의 소설이 좋아 결혼했으나 장남이라는 무게와 가족의 가난으로 소설을 포기한 남편과 결별한 아내가 다시 만나면서 써온 소설을 매개로 재회의 가능성을 찾는다. 복권으로 얻을 돈의 힘이 아니라 소설이 가져올 인간애의 회복이 더 소중하다는 메시지이다. 텍스트 외부에 있는 실제 작가의 의도가 어느 정도 느껴지는 대목이다.

결혼은 두 사람이 부부관계를 형성하는 일이나 양가와 이를 둘러싼 사회적 관계가 중첩된다. 서로 간섭하는 미시적 권력들이 갈등과 투쟁을 유발하는바, 최종심급에서 경제의 결정요인이 자리할 공산이 크다. 가족 부양을 위하여 작가의 삶이라는 이상을 포기하면서 결별한 부부가 다시 본래 품었던 꿈을 되찾기 위해 노력하는 모습이나 부부관계를 위태롭게 간섭하는 배후의 가족을 모두 도려내는 상징적 의례의 과정을 거쳐 새롭게 사랑을 회복하는 이야기를 담은 〈엄 대리〉와 〈피자를 시키지 않았더라면〉이 시사하는 의미가 크다. 이처럼 작가는 〈완벽하게 헤어지는 방법〉을 위시하여 내부와 외부에서 가족관계에 개입하는 힘들의 작동을 미시적 시각으로 그 구체를 서술한다.

〈숨어 살기 좋은 집〉은 공황장애를 앓던 '나'를 위하고, 일찍이 "가난이 첨부되지 않은 과부"가 된 남편의 노모가 가하는 간섭을 피하여 도심을 벗어나 한적한 주변으로 주거공간을 이동한 이야기를 담고 있다. 하지만 "겨우 한 계절을 보냈을 무렵" 팔순에 가까운 어머니가 찾아오면서 파문이 인다. 남편의 형이 "부모 자식 연을 끊어버린" 이력을 지닌 어머니가 "극한의 기쁨"을 추구하며 삶을 긍정하는 데 이른 부부 사이에 "갑자기 들이닥친" 일이다. 하지만 걱정할 일 없이 "그저 존재하기만" 하는 상태의 시간이 흐르게 되는데 이러한 평정은 그 여자가 이 마을에 집을 짓고 살려고 하는 데서 유발한다. 마침내 마을 주민들과의 갈등과 대립으로 집을 완성하지 못한 채 실종되는 사태에 이른다. 아들에게 집착하는 어머니의 사라짐에 대하여 "나는 여자의 실종보다도 내 남편의 울음이 더 가슴 아팠다." '나'를 감시하고 적대하는 대상이 사라지면서 그녀의 부재와 더불어 "남편은 여자를 버리고 나와 배 속의 아이를 안고 집으로" 온전히 돌아오게 된다. 이렇게 '나'는 상처를 딛고서 이상적인 가족과 집을 얻는다. 그렇다면 어머니는 어디로 사라진 것일까? '나'가 상상하듯이 이 마을 어디엔가 있을 것이다. '나'는 아들에 대한 집착이 죽음 이후에도 존재하는 방식이 주검이 발견되지 않는 실종상태라고 생각한다. 〈숨어 살기 좋은 집〉은 건축사라는 중상층 계급이 선택할 수 있는 도시 탈출의 방법이다. 그만큼 부부의 세속적 행복은 이를 담보하는 경제적 조건이 충족될 때 가능한 일이다. 소위 전원생활이나 미니멀 라이프에 깃든 계급적 논리를 피하기 어렵다. 이들은 사회적 관계와 가족관계에서 일정한 요건이 만들어질 때 성취될 수 있다.

도시 탈출 모티프와 달리 귀향 모티프가 있다. 〈그믐밤 세 남자〉와 〈개들이 짖는 동안〉이 귀향 모티프를 매개로 서술한다. 먼저 〈그믐밤 세 남자〉는 이은정의 소설이 추구하는 존재의 심연을 잘 형상화한 소설이다. 문제를 제시하고 해석의 여운을 남기는 방법에서 작가의 역량과 삶에 대한 고뇌를 거듭 확인하며, 이 소설에서 하나의 경계를 만난다. 그믐밤 낚시터에 모인 세 사람은 저마다 인연과 운명을 고민하고 덕과 죄, 삶과 죽음을 생각한다. 작가는 의식 불명의 아버지와 친구를 둔 두 사람과 어머니를 잃고서 방황하는 장애인을 바닷가에 한데 불러 모은다. '나'와 친구인 태수의 아버지는 서로 다른 시각에서 '나'의 아버지이자 태수 아버지의 친구인 '나'의 아버지의 사고에 대한 죄의식을 갖고 있다. 그믐의 어둠 속에서 이들은 서로의 내면을 이해한다. 물론 어머니를 여읜 장애인 시인의 매개가 이들을 이어주는 고리가 된다. 이들은 작고 사소한 생의 계기가 사람의 운명을 바꾸고 존재의 심연으로 자리하게 된다는 역설을 확인한다. 이로써 자기와 화해하고 타자와 진정으로 소통할 수 있다. 귀향을 통하여 '나'는 소멸과 생성을 반복하고 밀물과 썰물을 반복하는 자연의 이치처럼 생의 리듬을 인식하게 된다. 적어도 내면을 바라보는 사람으로 거듭난다. 〈개들이 짖는 동안〉에서 '나'는 대도시에서 바닷가 어촌 마을로 "할아버지의 집"을 지킨다는 명분으로 내려와 취업을 준비한다. 물메기를 지키려 모인 마을 개들이 떼를 지어 짖어대는 마을이다. 개소리와 커피는 고향 마을과 나의 생활이 만드는 고절감을 잘 말해준다. 그래서 무리에서 탈출한 가장 사나운 개인 '덕배'의 탈주가 의미 있게 다가온다. '나'는 책상을 사고 의자를 갖추면서 자기소개서를 거듭 고쳐 쓴다. 어촌 마을의 배타적인 지방주의와 그 속에 틈입하려는 '나'의 아비투스가 만드는 차이와 충돌이 역력하다. 단지 실업 청년의 문제만이 아니라

귀향하여 정착하는 일의 어려움이 포개지고 있다. 그만큼 생활세계는 관습과 장치로 고착한 측면이 많다. 변화와 혁신이 더딘 로컬의 한 국면이 종요롭게 그려졌다.

이은정의 단편은 삶의 한 단면을 포착하고 그 세목과 구체를 그리면서 점진적으로 생의 의미를 드러내는 작가의 솜씨를 잘 보여준다. 수원에서 전학 온 '동우'가 차고 온 '애플워치'가 분실되는 사건을 통하여 주변부 아이들의 동경과 갈망을 그린 〈친절한 솔〉의 주인공 '나'의 서술 시점이 말하듯이 작가는 타자의 진정성 혹은 진심에 닿으려는 소통을 매우 중요하게 생각한다. 제도와 권력이 삶을 단순화하고 추상화하는 현실에서 구체적인 것의 힘을 서사의 중요한 벡터로 삼는다. 작고 사소한 일이 "참을 수 없는 치욕이고 어쩌면 상처가 될 수도" 있다는 관계의 윤리학은 서사의 중심에 놓인 주제이다. 진정한 가치는 덮이고 진실이 묻혀버리는 사태가 일반화된 세계이다. 이러한 세계에서 하나의 주체가 된다는 일은 거의 고난에 가깝다. 그렇지만 이은정의 인물들은 부서지기 쉬운 삶에서 생의 이면을 들여다보려는 의지를 잃지 않는다. 사랑과 희망의 미미한 빛을 포기하지 않는다. 작가로서 늦은 시작일 수도 있다. 그러나 삶은 끊임없는 시작의 연속이다. 새로운 시작은 새로운 인식을 만들고 존재의 전환을 이끈다. 작가의 전도에 큰 진전이 있기를 기대한다.

작가의 말

불혹이 되어서야 작가가 되었다. 어디서 얼마나 헤매었는지는 잘 모르겠다. 나의 존재 자체가 악惡이라고 생각하며 살았던 시간이 무색하게도, 내겐 늦은 행운들이 찾아왔고 아껴두고 싶은 좋은 사람들이 생겼다. 행운이 불러온 사람들. 그 사람들이 가져온 행운들. 삶이란 끈질기게 기다리면 차례가 오는 것일까. 쓰는 일을, 삶을 감사하기로 했다.

이 소설들을 쓰면서 끊임없이 떠올린 단어는 '가해자'와 '피해자'였다. 이분법으로 말해도 되는 것인지 깊게 고민해야 했다. 평범한 사람들이 주거나 받아야 했던 평범하지 않은 상처들은 생각보다 너무 많았고 나도 다르지 않은 사람이었다. 매번 내가 피해자이기만 했는지 생각하는 내내 몸이 아팠다. 내가 찾은 어설픈 답을 여덟 편의 소설로 남긴다. 평화롭고 무해한 세상에서 나와 당신, 그리고 아이들의 영혼이 안전했으면 좋겠다. 아름다운 소설이 아니라서 미안하다.

2020년 가을

이은정

완벽하게 헤어지는 방법

2020년 11월 10일 초판 1쇄 발행

지은이 이은정
펴낸이 정법안　**경영고문** 박시형

책임편집 손현미　**디자인** 정아연
마케팅 양근모, 권금숙, 양봉호, 임지윤, 조히라, 유미정
디지털콘텐츠 김명래　**경영지원** 김현우, 문경국
해외기획 우정민, 배혜림　**국내기획** 박현조
펴낸곳 마음서재　**출판신고** 2006년 9월 25일 제406-2006-000210호
주소 서울시 마포구 월드컵북로 396 누리꿈스퀘어 비즈니스타워 18층
전화 02-6712-9800　**팩스** 02-6712-9810　**이메일** info@smpk.kr

ISBN 979-11-6534-261-6 (03810)

• 이 책의 국립중앙도서관 출판시도서목록은 서지정보유통지원시스템 홈페이지(http://seoji.nl.go.kr)와
목록시스템(http://www.nl.go.kr/kolisnet)에서 이용하실 수 있습니다.
(CIP제어번호 : 2020044741)

• 잘못된 책은 구입하신 서점에서 바꿔드립니다.
• 책값은 뒤표지에 있습니다.
• 마음서재는 (주)쌤앤파커스의 종교·문학 브랜드입니다.